Bettina Latt

Die Beagle GmbH

Eine Hundegesellschaft mit beschränkter Haftung

Bettina Latt, Fehmarn 2015
http://bettina-latt.de

1. Auflage 2015

Lektorat: U. Pfeiffer
Cover: 123RF/Jens Latt

Herstellung und Verlag:
BoD - Books on Demand, Norderstedt
ISBN 978-3-7347-5212-4

Inhaltsverzeichnis

1. Vorwort

Ursprünglich sollte dieses Buch ein Tagebuch für das Leben mit unserer kleinen Meute werden. Mir lag sehr daran, die vielen kleinen Erlebnisse festzuhalten, um später noch einmal darüber nachlesen und lachen zu können. Ich hatte Bedenken, dass wir die vielen Erlebnisse mit unseren Hunden – insbesondere den vielen Beagleblödsinn vergessen, oder uns nicht mehr an alles erinnern, wenn die Hunde erst alt waren. Nachdem ich einigen Freunden von dem Tagebuch erzählt habe, waren sie der Meinung, ich sollte das Buch veröffentlichen – gerade im Hinblick auf meine Barf-Erfahrung sowie die Allergien des Beagles oder auch unsere Erfahrungen, die wir in der Erziehung mit Carlos gemacht haben. Ich habe den Ratschlag meiner Freunde angenommen und hoffe, dass das Buch nun vielen Lesern Freude bereitet und vielleicht auch bei dem einen oder anderen Problem weiterhelfen kann. Mit

Sicherheit werden viele Beaglebesitzer bei dem in dem Buch geschilderten Beagleblödsinn fleißig mit den Köpfen nicken und bestätigen, dass es ihnen nicht anders geht.

Hier stelle ich Ihnen kurz die wichtigsten Darsteller vor, um die es in diesem Buch geht:

Timmy, der Dalmatiner-Münsterländer-Mix
Murphy, der Jack-Russel-Terrier-Mix
Annie, die Labradorhündin
Barney, der Beagle
Carlos, der Magyar-Vizsla
Mr. Ed, ein Haflinger-Mix
Beauty, die Hannoveraner-Lusitano-Stute
Rob Roy 19, ein Hannoveraner-Wallach

Ich wünsche allen Lesern viel Lesevergnügen bei diesem Buch!

Ihre Bettina Latt

2. Aller Anfang.......

Alles fing in meiner Kindheit an. Mein Bruder und ich wünschten uns einen Hund. Natürlich durfte er nicht zu groß sein, da er zwischen uns im Auto auf die Rückbank passen sollte, während wir in den Urlaub fuhren. Die Entscheidung war schnell getroffen: Es wurde eine Hündin - ein roter Cocker Spaniel, der wir den Namen „Trixie“ gaben. Dies ist so viele Jahre her, dass ich mich kaum erinnern kann. An eines erinnere ich mich allerdings noch ganz genau: Trixies Ohren „schlurften“ ständig auf dem Boden, somit hatte sie dauernd verfilzte Ohren, die ich kämmen und mit einer Nagelschere das Verfilzte heraus schneiden musste. Im Winter bildeten sich an den Haaren zwischen ihren Pfötchen Eisklumpen, so dass ich oft die Pfoten mit meinen Händen erwärmen musste, damit sie wieder weiterlaufen konnte.

Es ging viel Zeit ins Land, ich lernte meinen Mann Jens kennen, nach Abschluss des Studiums heirateten wir und kauften unser erstes Haus im schönen Aller-Leine-Tal in der Nähe von Gronau/Leine. Es war ein wunderschönes über 200 Jahre altes Fachwerkhaus mitten auf dem Land zwischen lauter Bauernhöfen und lag genau zwischen meiner Arbeitsstätte und der meines Mannes.

Es waren noch viele Renovierungsarbeiten wie zum Beispiel der Einbau einer Heizung sowie neuer Fenster vorzunehmen. Nach Abschluss der Renovierungsarbeiten zogen wir im Winter 1992, kurz nach unserer Hochzeit in das neue Haus. Mit dabei war unser Pferd – ein Haflinger-Mix namens Mr. Ed - für das ich einen schönen ländlichen Stall mit viel Auslauf gefunden hatte. Mein Mann war beruflich viel unterwegs, so dass ich mich oft einsam in dem großen Haus fühlte. Was lag daher näher, als die Anschaffung eines Hundes! Wir wälzten also die Zeitungen – damals gab es noch kein Internet - am Wochenende, telefonierten mit den Leuten, die ihre Hunde inseriert hatten, und landeten schließlich im Tierheim in Hannover.

Leider erwischten wir nur eine Mitarbeiterin, die Mittagspause hatte und uns gleich zu Beginn der Führung mitteilte, dass sie eigentlich Pause hat und es auch gar keinen Hund gäbe, den sie einem „Anfängerehepaar“ vermitteln könnte. Somit zogen wir unverrichteter Dinge wieder los und konzentrierten uns erneut auf die Zeitung. Wir hatten keine konkrete Vorstellung der Größe oder Rasse des Hundes, es sollte nur ein lieber treuer Hund sein.

3. Timmy

Nach einigen Wochen hatten wir ihn gefunden: Timmy! Timmys Familie musste aus ihrem Haus ausziehen und konnte mit zwei Kindern und Hund keine neue Wohnung finden. Daher wollten sie Timmy nun in gute Hände geben. Timmy war ein Jahr alt und ein Dalmatiner-Mix, wobei er wenig von einem Dalmatiner, eher vielmehr von einem Husky hatte. Er hatte das kuschelige Fell eines Huskys und war schwarz-weiß mit einer schwarzen und einer weißen Gesichtshälfte. Es war Liebe auf den ersten Blick!

Wir tauschten die Personalien und entrichteten eine Schutzgebühr und waren nun stolze Besitzer eines Hundes. Wir kauften eine Leine und Körbchen sowie Hundespielzeug und Futter und nahmen Timmy mit nach Hause. Am Morgen nach der ersten Nacht fanden wir in unserer Küche einen kleinen See vor Die Balken und Ständer in unserem Fachwerkhaus waren teilweise freigelegt und Timmy hatte sich einen der Ständer für sein Malheur ausgesucht. Sofort vermuteten wir, dass Timmy nicht stubenrein war. Wir konnten nicht verstehen, weshalb jemand einen so süßen Hund überhaupt weggeben konnte. Die bisherigen Besitzer teilten uns auf telefonische Nachfrage jedoch mit, dass Timmy auf jeden Fall stubenrein war. Es kam auch nie wieder vor. Somit war es wohl Protest über sein neues zu Hause gewesen.

Das Leben mit Timmy war abwechslungsreich und lustig und hat unser Leben stark bereichert. Damals war es nicht üblich, eine Hundeschule zu besuchen. Wir gingen daher mit der Erziehung recht sorglos um und machten uns keine Gedanken, wenn Timmy während eines Spaziergangs einen Abstecher in den nahen Wald unternahm. Er stieß dann meist an einer anderen Stelle des Weges wieder zu uns. Ich kann mich noch gut erinnern, dass er oft während einer unserer vielzähligen Ausritte plötzlich verschwunden war und als ich wieder am Stall ankam, saß er davor, als warte er auf den nächsten Bus. Er schaute mich dann mit einem unschuldigen Blick an, so auf die Tour: "Kommst Du auch endlich - ich warte hier schon seit Stunden!"

Ich kam auf die Idee, Timmy während der Anleinphase im Wald auch beim Reiten an die

Leine zu nehmen. Ich entschied mich für die Laufleine, da ich dachte, dass er dann am Pferd nicht so zieht. Dies war ein Fehler. Es ging ca. 45 Minunten gut. Danach hatte Timmy eine Spur und wickelte Mr. Ed einmal komplett rundherum mit der Laufleine ein.

Ich bin heute noch froh, das Mr. Ed so ein ruhiges Pferd war, stehen blieb und sich nicht mehr rührte. Auch Timmy stand ganz ruhig, so dass ich absteigen konnte, Timmy von der Leine lösen und die Leine um das Pferd abwickeln konnte. Ich bin dann nie wieder mit einer Laufleine geritten. Was hatten wir damals alle für ein Glück. Nicht auszudenken, wenn Mr. Ed losgestürmt wäre, während die Laufleine ihn eingewickelt hatte.

Mein schlimmstes Erlebnis war während eines Ausritts. Es ging bergauf, Mr. Ed schnaufte, Timmy lief – wie immer – etwas voraus. Als wir die Bergkuppe erreichten, erblickten wir in einiger Entfernung einen großen Strohhaufen, der als Schutz vor Regen mit einer großen weißen Plane abgedeckt war, die im Wind flatterte.

Mr. Ed erschreckte sich dermaßen, brach nach rechts aus, sprang über einen Graben und drehte sich bergab. Das war zu viel. Ich stürzte zu Boden und Mr. Ed raste den Hang hinab und Timmy hinterher. Es war ein Albtraum. Ich rappelte mich wieder auf und lief zu Fuß hinterher. Timmy hatte zum Glück gehört und war wieder an meiner Seite, Mr. Ed raste immer noch bergab Richtung Hauptstraße. Ich hörte Autos bremsen und anhalten und fürchtete das Schlimmste.

Unten angekommen, überquerten Timmy und ich die Straße und sahen keinen verunglückten Mr. Ed. Das ließ hoffen. An der Wiese angekommen, stand Mr. Ed weiß vor Schweiß vor dem Tor und zitterte wie Espenlaub. Ich redete auf ihn ein, setzte mich erneut in den Sattel und ritt noch eine kleine Runde – diesmal natürlich nicht bergauf, sondern in eine andere Richtung. Es war wie nach einem Autounfall – wäre ich nicht wieder aufgestiegen, hätte ich mich wahrscheinlich auch später nicht mehr in den Sattel getraut. Timmy lief nebenher, als wäre nichts passiert und auch Mr. Ed beruhigte sich langsam wieder.

Während einer Umbauphase an unserem Haus hatten wir den Müll kurzfristig auf der Terrasse gelagert. Leider hatten wir nicht bedacht, dass sich in dem Müll eine leere Schale Heringssalat sowie eine leere Dose Thunfisch befand. Wir werkelten an unserem Haus, als plötzlich Timmy durch das Haus lief und eine Blutspur hinter sich herzog. Wir haben fast einen Herzanfall bei dem Anblick erlitten. Timmy musste wohl in einem unbeobachteten Moment die Mülltüte geplündert und sich an der leeren Dose geschnitten haben. Gleichzeitig hatte er die Schale Heringssalat blank geschleckt und hatte sich den Rest um die Nase und ins Fell geschmiert. Letztendlich sah es also schlimmer aus, als es war, und ließ sich mit etwas warmem Wasser auswaschen. Die Zunge hatte einen kleinen Schnitt, der schnell aufhörte zu bluten. Wir vergaßen darauf hin nie wieder den Müll auf der Terrasse!

Unser schönster Urlaub mit Timmy war in der Toskana. Wir fuhren mit Timmy sowie unseren Freunden Jens und Annette sowie mit deren Golden Retriever Hündin und Timmys bester Freundin namens Beverly nach Italien. Ich kann mich noch gut an die Fahrt von über zwölf Stunden erinnern. Timmy meisterte alles ohne Probleme. Annette hatte Beverly vorsichtshalber eine Schlaftablette für Hunde verabreicht. Unterwegs hielten wir für Pausen an. Beverly schwankte aus dem Auto, torkelte und konnte sich kaum auf den Beinen halten. Naja, wengistens verschlief sie die lange Fahrt.

In der Toscana hatten wir ein Haus in der Nähe von Lucca gemietet. Es stand auf einem Berg inmitten eines großen Olivenhains. Es war ein Traum. Morgens düsten die Hunde um die

Olivenbäume, tagsüber schliefen sie, während wir Lucca, Florenz und Siena besichtigten. Es war ein wunderschöner Urlaub, den wir nie vergessen werden.

Als Timmy vier Jahre alt war, beschlossen wir, dass er tagsüber Gesellschaft brauchte. Wir gingen beide früh aus dem Haus und Timmy langweilte sich bis zu unserer Rückkehr am Nachmittag. Dies machte sich dadurch bemerkbar, dass er die Bücher aus dem Regal im Arbeitszimmer meines Mannes zog und diese zerfledderte. Mal musste nur der Buchrücken dran glauben, oft jedoch auch alle Seiten des Buches. Timmy überließ es uns, nach unserer Rückkehr von der Arbeit, die einzelnen Papierschnipsel aufzusammeln. Freundlichst suchte er sich hierfür meist die teuersten Bücher aus. Wir waren also der Meinung: Er brauchte einen Freund!

Beide Hunde sollten mit am Pferd laufen. Ich traute mir nicht zu, zwei Hunde in der Größe von Timmy am Pferd zu halten, ohne dass mich die Hunde vom Pferd ziehen. Es war also klar - es musste ein kleiner Kumpel für Timmy werden. Wir zogen also wieder die Zeitung zu Rate und wurden schnell fündig! Ein Jack-Russel sollte es werden. Diese Rasse, so hatten wir gelesen, konnte flink wie ein Wiesel laufen und war klein.

4. Murphy

Die Idee für einen zweiten Hund ließ uns nicht mehr los. An einem Samstag fuhren wir in den Harz um Murphy von dem Reiterhof zu holen, auf dem er geboren worden war. Die Mutter war eine reinrassige Jack-Russel-Hündin, der Vater unbekannt. Murphy war 8 Wochen alt, schneeweiß mit einem braunen Ohr, einem braunen Fellfleck auf der einen Seite und soooo süß.

Die Geschichte der Rasse Jack-Russel-Terrier fanden wir sehr interessant. Wir hatten im

Internet darüber gelesen, dass der Jack-Russel nach John Jack Russel benannt war, einem Pfarrer und Jäger, der 1819 seinen ersten Terrier erwarb – eine Hündin namens Trump. Deren Bild hängt heute in der Sattelkammer von Schloss Sandringham, es gehört der Queen von England.

Das Wesen des Jack-Russel wurde mit wachsam, aktiv, kühn und furchtlos, aber auch freundlich und intelligent beschrieben. Wir fanden, das passte zu Timmy und zu uns.

Timmy beschnüffelte ihn und drehte sich dann um und ging. Scheinbar konnte er mit einem Welpen nicht so viel anfangen. Murphy wurde nach Erledigung der Formalitäten auf meinen Schoß geladen und kuschelte sich in die Weste, die ich auf meinen Schoß gelegt hatte. Der Hundezüchter hatte Murphy kurz vor unserer Ankunft gefüttert. Das Ergebnis ließ nicht lange auf sich warten und Murphy gab das Futter in die Weste ab. Nachdem wir dann nach Säuberung der Weste zu Hause ankamen, wurde unser Leben sehr turbulent. Murphy entsprach in jeglicher Beziehung der Wesensbeschreibung eines reinrassigen Jack-Russel-Terriers. Er war äußerst lebhaft und aktiv, intelligent, kühn und furchtlos und sehr knuffig.

Damals begleitete mich ein junges Mädchen bei meinen Ausritten auf dem zwischenzeitlich gekauften Pferd meines Mannes. Sie kümmerte sich nach der Schule um Murphy, so dass wir beruhigt arbeiten gehen konnten. Murphy war pfiffig und schon nach wenigen Wochen stubenrein. Er und Timmy wurden die besten Freunde. Sie zerrissen die Wäsche, die im Wind von der Leine gefallen war, in dem sie jeder an einem Ende so lange zogen, bis jeder ein Stück im Maul hielt. Gemeinsamt zerlegten sie die Bücher und knabberten die Ecken von unseren Bauernschränken an.

Die reißerischen Hundezähne erwischten auch diverse Paar Schuhe, die wir nicht weg geräumt hatten, knabberten Teppiche an und zerlegten Hundekörbchen. Das alles wurde abends, wenn wir alle zusammen auf unserem großen Korbsofa kuschelten, bedeutungslos.

Anfänglich konnte Murphy nicht die Stufen zu unserem damaligen Esszimmer hoch laufen, er purzelte immer wieder zurück. Dies lernte er im Laufe der Zeit bravourös mit Anlauf zu meistern. Auch am und auf dem Pferd machte er eine gute Figur. Da Timmy den Auslauf brauchte, nahm ich Murphy – solange er noch nicht weit laufen durfte und konnte – vor mich auf den Sattel. So war er bei allen Ausritten von Anfang an dabei.

Als ich eines Tages allein mit Murphy ausritt, kommt mir immer wieder in Erinnerung, wie er – wie so oft – neben dem Pferd „Männchen machte“. Dies hatte er schon früh angefangen. Damals jedoch konnte er noch nicht das Gleichgewicht halten und purzelte rücklings in eine riesige Pfütze. Ich weiß heute noch, wie ich damals vor Lachen fast vom Pferd gefallen bin. Natürlich habe ich versucht, mir das Lachen zu verkneifen - schließlich merkt auch ein Hund, wenn er ausgelacht wird!

Später konnte er dann neben Pferd oder Fahrrad flitzen wie ein Wiesel und mit Timmy und den Pferden Wettrennen laufen. Im Sommer ging er mit Timmy am liebsten in die Leine zum schwimmen. Er blieb immer in Ufernähe und entfernte sich nie weit weg. Auch war er von Beginn an ein sehr gehorsamer und anhänglicher Hund, lief fast nie weg, nur gemeinsam mit Timmy, wenn die Nachbarshündin läufig war. Am Erstaunlichsten war, dass wir mitten im Wald, wenn ihm ein Reh vor die Nase lief, nur pfeifen mussten und Murphy drehte sofort um und kam zurück. Dies haben wir ihm nie beigebracht.

Nachdem Murphy ca. ein Jahr bei uns war, bekam er seinen ersten epileptischen Anfall. Damals wussten wir nicht, was es war. Er bekam Krämpfe, konnte sich nicht mehr bewegen, wurde stocksteif und rang nach Luft. Wir luden ihn sofort ins Auto und fuhren zu einer Tierärztin im Nachbarort. Diese klärte uns über epileptische Anfälle bei dieser Hunderasse auf, gab Murphy eine krampflösende Spritze und uns für den Fall der Wiederholung ein krampflösendes Mittel mit. Wir erholten uns von dem Schreck und machten einen Termin bei der Tierärztlichen Hochschule in Hannover, um Murphy gründlich untersuchen zu lassen. Da wir leider arbeiten mussten, nahm sich netterweise meine Mutter die Zeit, um mit Murphy zu den Untersuchungen zu gehen. Im Ergebnis wurde uns mitgeteilt, dass Murphy ein starkes Herz hat und ansonsten gesund sei.

Die Anfälle würden jedoch wiederkehren. Man ließ uns die Wahl zwischen Tabletten, die die Anfälle verhindern sollten und dafür Herz, Leber und Niere schädigen, oder keine Tabletten, d.h. einem Leben mit einem Epilektiker und einem möglichen frühen Tod. Wir entschieden uns gegen die Tabletten und haben dies nie bereut. Anfänglich kamen die Anfälle etwa halbjährlich. Zumindest die Anfälle, die wir mitbekamen, wenn wir zu Hause waren. Wir konnten nicht viel tun, nur ihm das krampflösende Mittel geben und warten, bis der Anfall vorbei war. Bei jedem Anfall dachten wir, es geht mit Murphy zu Ende.

Aber Terrier sind zäh - das hatten wir zwischenzeitlich gelernt. Die Anfälle sind im Laufe der Zeit weniger geworden; es waren dann nur noch 1-2 Anfälle pro Jahr. Mit der Zeit wussten wir jedoch damit umzugehen und waren einfach nur bei ihm, wenn ein neuer Anfall kam. Wir hofften jedes Mal, dass er schnell wieder Luft bekam und der Anfall vorüberging. Die Anfälle konnte niemand vorher sehen, es geschah zu verschiedenen Tages- oder Nachtzeiten. Fast komplett hörten die Anfälle erst auf, nachdem den ganzen Tag jemand von uns zu Hause war. Ob dies in irgendeinem Zusammenhang stand, haben wir nie geklärt, sondern uns lieber gefreut, dass die Anfälle weniger wurden.

Das Landleben mit Hunden und Pferden gefiel uns gut, jedoch kaufte sich der Bauer, dessen Hof an unser Grundstück grenzte nach 6 Jahren eine neue Melkanlage. Diese Anlage lief nun morgens ab 6.00 Uhr einige Stunden und abends ab 18.00 Uhr. Egal, ob wir Urlaub hatten und ausschlafen, oder im Garten grillen wollten - es war das eintönige Geräusch der Melkmaschine, das uns dabei begleitete.

5. Umzug ins Aller-Leine-Tag

Da auch mein Mann eine neue Arbeitsstelle in Hannover angenommen hatte, war es also wieder Zeit für einen Umzug. Wir verkauften unser Fachwerkhaus und kauften ein rotes Backsteinhaus - diesmal in der Südheide in der Nähe von Celle und der Aller. Dieses Haus hatte – im Gegensatz zu der niedrigen Deckenhöhe unseres bisherigen Fachwerkhauses eine Deckenhöhe von 3 Metern und war aufgrund der 22 Fenster lichtdurchflutet und lediglich 100 Jahre alt. Da wir auch bisher einen dänischen Kaminofen hatten, ließen wir als Erstes die alten Schornsteine des Hauses aufmauern und installierten sowohl im Esszimmer als auch im Wohnzimmer je einen Kaminofen.

Das Pferd meines Mannes hatten wir zwischenzeitlich aus Zeitgründen verkauft. Mein Pferd, Mr. Ed hatte ich bereits einige Wochen zuvor in einem Stall in Wieckenberg untergestellt. Silvester 1998 war es endlich so weit und wir zogen in das neue Haus. Der Umzug war anstrengend. Es hatte sich im Laufe der Jahre einiges angesammelt, so dass wir mit dem gemieteten LKW zwei Mal fahren mussten. Kurz vor Mitternacht und dem Jahreswechsel schliefen wir endlich auf den Sofas im Wohnzimmer ein – die Betten waren noch nicht aufgebaut. Da wir nicht wussten, wie die Heizung zu regulieren war, lief diese auf Hochtouren. Zwischendurch hatten wir etwas vom Griechen im Ort zu Essen geholt. Die Nacht war somit warm und knoblauchlastig. Den Beginn des Jahres 1999 verschliefen wir gründlich - genau, wie die Hunde, die während des Umzugs bei meiner Mutter untergekommen waren.

Nach einigen Jahren fanden wir es an der Zeit, uns mehr um die Hunde zu kümmern. Schließlich waren sie aufgrund unserer bisherigen Arbeitszeiten zu kurz gekommen. Zwar gehörte der Feierabend grundsätzlich den Hunden mit viel Ausritten, Rad fahren oder langen Spaziergängen und Spielen im Garten. Trotzdem plagte uns immer das schlechte Gewissen, weil die Hunde zu lange allein waren. Wir hatten unseren Garten kurz nach Kauf des Hauses eingezäunt und die Hunde, während wir tagsüber zur Arbeit fuhren, im Garten gelassen. Wir dachten, dass sie sich so freier bewegen konnten. Leider beschwerte sich nach kurzer Zeit ein Nachbar über das ständige Bellen der Hunde. Wir hatten hierfür Verständnis. Ständiges Hundebellen des Nachbarhundes kann wirklich an den Nerven zerren. Also waren die Hunde fortan wieder im Haus.

Ich beantragte bei meinem Chef eine verkürzte Arbeitszeit und bekam diese auch genehmigt. Ich konnte mir somit die Zeit einteilen und war nun fast jeden Tag früher zu Hause. Ich bin heute noch froh über diese Entscheidung. Damals wusste ich noch nicht, dass uns Timmy nicht mehr lange begleiten würde.

Die nächsten Jahre kamen und gingen. Mr. Ed hatte ich zwischenzeitlich zu dem einzigen

Bauern im Dorf in den Stall gestellt. Dort baute ich ihm einen Auslauf am Stall und brachte ihn tagsüber jeden Morgen auf eine Wiese. Im Sommer stand er jedes Jahr mit den Rindern auf der Wiese. Als er 16 Jahre alt war, muss er sich auf einer dieser Wiesen vertreten haben und stolperte somit viel im Galopp. Er lebte noch 2 Jahre, in denen ich fast nur Schritt ritt. Ich denke, er hatte ein schönes Leben und ich vermisse ihn manchmal heute noch. Er war ein tolles Pferd, auf dem man „rückwärts“ reiten konnte. Ich war sehr traurig und danke heute noch meinem Mann, der Mr. Ed auf seinem letzten Weg begleitet hat. Ich war damals dazu nicht in der Lage.

6. Beauty

Da ich nicht ohne Pferd sein konnte, begaben wir uns auf die Suche nach einem neuen Pferd und fanden schließlich Beauty, eine 10-jährige Hannoveraner-Lousitano-Stute.

Nach einigen Proberitten und Vorstellung bei den Hunden, zog Beauty in einen Stall in Wietze ein. Timmy und Murphy mochten die Stute und diese mochte die beiden Hunde. Leider lag der Stall an einer Hauptverkehrsstrasse, so dass das Ausreiten mit den Hunden fast unmöglich, bzw. sehr gefährlich wurde. Beauty war die ersten vier Wochen ein sehr braves Pferd, was sich leider danach änderte. Sie ließ sich kaum noch satteln und trensen, war bockig und widerspenstig.

Eines Tages machte ich ihr im Stall in der Stallgasse das Halfter ab, legte ihr die Zügel über den Hals und wollte sie auftrensen. Sie wurde auf einmal sehr widerspenstig und rannte los. Es ging quer durch die Stallgasse mit Kurs auf das große Scheunentor. Ich konnte sie nicht loslassen, da sie sonst in die Trense getreten wäre, also rannte ich neben ihr her. Sie sprengte mit Ihrer Brust das Scheunentor und raste auf den Hof Richtung Bundesstraße. Leider stand dort das große Hoftor auf, dass dann offensichtlich ihr Ziel war. Kurz nach dem Tor auf dem Bürgersteig blieb sie zum Glück stehen und ich konnte sie mittels der Zügel um ihren Hals umdrehen und mit ihr wieder in den Stall gehen, um sie dann in der Box mit verschlossener Tür aufzutrensen.

Beauty

Von da an hab ich sie nie wieder in der Stallgasse gesattelt, sondern immer in der Box mit geschlossener Tür. Mir wurde das Ganze nun zu gefährlich. Ich begann, einen neuen Stall zu suchen, der nicht an einer befahrenen Straße lag, so dass auch die Hunde wieder gefahrlos mitkommen konnten. Nach einigem Suchen fand ich einen Stall auf Gut Holtau zwischen Winsen/Aller und Boye. Hier konnte ich mit den Hunden direkt vom Hof reiten, ohne die Gefahr von Autos. Murphy hatte sich zwischenzeitlich das ständige Bellen am Pferd angewöhnt (es schien, als fordere er ständig das Pferd zum schneller laufen auf). Meistens nahm ich daher nur noch Timmy mit zum Reiten und fuhr mit beiden Hunden zusammen lieber Fahrrad.

Als Timmy 10 Jahre alt war, hatte ich im November, am Abend des Martinstages, Reitunterricht. Ich beeilte mich somit, von der Arbeit nach Hause zu kommen und düste mit beiden Hunden in den Wald um es rechtzeitig zum Unterricht zu schaffen. Im Wald musste Timmy sich mehrmals setzen und wollte nicht weitergehen.

Mit viel gutem Zureden schaffte er es nach Hause. Ich dachte, er hat etwas mit dem Magen und meinte, es ginge ihm besser, wenn er etwas schlief. Hätte ich gewusst, dass es sein letzter Abend sein würde, wäre ich nicht zum Reiten gegangen. Mein Mann kam einige Zeit später nach Hause. Als ich vom Reitunterricht kam und es Timmy nicht besser ging, riefen wir den Tierarzt. Wir warteten. Als der Arzt nicht kam, trugen wir Timmy ins Auto und fuhren zum Tierarzt.

Wir hatten den Tierarzt missverstanden. Dieser hatte eine schwere Grippe und war nicht in der Lage zu kommen. Als er feststelle, dass Timmy im Sterben lag, wollten wir dies nicht glauben und fuhren mit ihm wieder nach Hause. Dort angekommen, war er bereits gestorben. Dies alles ging so schnell, das wir überhaupt nicht realisierten, dass es Timmy nicht mehr gab. Murphy tippelte durch das Haus und suchte Timmy, während wir uns die Augen ausweinten.

Jahrelang waren wir von 8 Pfoten umgeben, die durch das Haus liefen, um die Ecken düsten und uns Freude bereiteten. Trotz der 4 Pfoten, die noch durch das Haus liefen, war es eine trostlose Stille. Nach einigen Tagen der Trauer und vielen Tränen, stand fest: So kann es nicht weitergehen, ein Freund für Murphy musste her.

7. Annie

Diesmal suchten wir über das Internet zuerst in den Tierheimen, die in der näheren Umgebung lagen. Hier wurden wir in dem Tierheim in Hildesheim fündig. Dort sagten uns zwei Hunde zu, die Ähnlichkeit mit einem Retriever hatten. Wir fuhren also nach Hildesheim. Die beiden Hunde waren gerade zu einem Spaziergang unterwegs, so dass uns die Mitarbeiterin des Tierheims herumführte. Bei diesem Rundgang stand eine schlanke, schwarze Hündin in einer der Boxen und schaute uns aus traurigen Hundeaugen an. Sie sah aus, wie ein Labrador und Timmy hinsichtlich Größe und Fell ähnlich, so dass ich diesen traurigen Augen nicht widerstehen konnte. Nachdem die Mitarbeiterin die Box geöffnet hatte, kam die Hündin vertrauensvoll auf uns zu. Wir gingen mit ihr und Murphy spazieren.

Nach dem Spaziergang wollten wir Murphy ins Auto bringen. Beim Öffnen des Kofferraumes sprang sie zusammen mit Murphy in den Kofferraum, drückte sich in die hinterste Ecke und ließ sich nicht mehr dazu bewegen, aus dem Auto zu kommen. Wir teilten der Mitarbeiterin des Tierheims mit, dass wir uns für die Hündin entschieden hätten, oder besser gesagt, sich die Hündin für uns.

Wir durften Annie, wie wir sie dann nannten, ausnahmsweise sofort mitnehmen. Die Mitarbeiterin des Tierheims informierte uns darüber, dass Annie ca. 3-5 Jahre alt und erst seit kurzem im Tierheim sei.

Annie

Der bisherige Besitzer war dem Tierheim bekannt und wollte sie nicht mehr haben, da sie ständig weglaufen würde. Es wurde uns daher empfohlen, Annie zunächst nur an der Leine auszuführen. Wir machten uns darüber keine Gedanken und fingen an, Annie ein neues zu Hause zu geben.

Annie hatte wenig Gemeinsamkeiten mit dem im Internet oder Büchern beschriebenen

Labradorwesen – außer die Äußerlichkeiten, das sehr ruhige Wesen und die Liebe zu Kindern. Weder apportierte sie, noch war sie aufmerksam gegenüber uns – außer, wenn es ums Fressen ging. Normalerweise sollte ein Labrador ein liebes Wesen haben und gern apportieren.

Gleich am ersten Tag wand sich Annie bei einem Spaziergang mit meiner Mutter aus ihrem Geschirr mit Leine, welches wir ihr umgeschnallt hatten, und ging auf die Jagd. Mein Mann hatte sich zwischenzeitlich beruflich verändert und studierte seinen Master of sience, u.a. mit der Fachrichtung Sport. Er hatte nun während des Studiums gelernt, sich im Laufen fallen zu lassen, was uns nun bei der Jagd nach Annie zugute kam.

Nach ihrer ersten Jagd wurde sie allerdings von der Feuerwehr in unserem Dorf eingefangen, weil diese gerade eine Übung im Dorfgemeinschaftshaus neben der Bäckerei durchführte. Der Bäcker hielt auf seinem Grundstück jede Menge Schafe, Ziegen und Hasen, auf die es Annie nun abgesehen hatte. Ich hatte Annie mit dem Fahrrad verfolgt und auf Zuruf des Feuerwehrmannes kam sie freudig zu ihm und wurde mir zurückgegeben.

Annie versuchte nun fast täglich erneut von unserem Grundstück auszubrechen und auf die Jagd zu gehen. Mein Mann schaffte es immer wieder, Annie einzufangen, meist mit körperlichem Einsatz.

Er fuhr mit dem Auto durch das Dorf und hielt an, sobald er Annie sah. Dann warf er sich mit seinem ganzen Gewicht auf Annie, so dass sie nicht mehr flüchten konnte. Wir erhöhten die Zäune, kauften ein neues höheres Tor. In einem unbeobachteten Moment entwischte Annie aus dem Tor, das ich kurzzeitig offen gelassen hatte und wilderte durch die Gärten der Nachbarn. Hierbei erwischte sie leider die Hasen der Nachbarskinder, die in einem Käfig auf dem Rasen spielten. Die Kinder waren sehr traurig, Annie fortan als böser Hund in der Nachbarschaft gestempelt. Wir gaben dennoch nicht auf. Sie sollte nicht zurück ins Tierheim!

Zu dieser Zeit wurden die Hundeschulen „modern". Wir buchten also mit Annie Einzelunterricht in einer Hundeschule im Nachbarort. Annie bekam dort ein Sprühgerät umgeschnallt, dass Wasser mit Zitronenduft versprühte. Dies sollte sie u.a. von der Jagd abhalten.

Nach einem halben Jahr Hundeschule konnte ich Annie endlich am Pferd, am Fahrrad und zu Fuß ohne Leine laufen lassen. Wir fuhren nach Dänemark und Annie lief mit Murphy am Strand um die Wette. Es war herrlich! Nach einem weiteren halben Jahr lief Annie im Wald einem Reh hinterher und interessierte sich nicht für irgendwelches Rufen oder Sprühen aus ihrem Halsband. Annie war weg!

Es wurde dunkel und Annie war trotz intensiven Suchens nicht zu finden. Ich informierte die Polizei, die mir wiederum empfahl, das Tierheim zu informieren, was ich umgehend tat. Annie war nicht dort.

Nach mehreren Stunden des Suchens rief ich noch einmal beim Tierheim an und wurde davon unterrichtet, dass nun eine schwarze Labradorhündin abgegeben worden war, die Annie nach der Beschreibung sehr ähnlich sah. Jedoch hatte das Tierheim nun Feierabend und Annie musste die Nacht im Tierheim verbringen. Am nächsten Morgen fuhr ich Annie abholen und spendete für eine Nacht Kost und Logis 50 € an das Tierheim.

Annie hatte alles unbeschadet überstanden und war von einer netten Dame des Ortes abgegeben worden, nachdem diese nicht wusste, wem der Hund gehört. Abends fuhr ich zu der Dame und bedankte mich. Fortan bekam Annie daher eine Marke mit ihrem

Namen und unserer Telefonnummer an ihr Halsband und ging ab sofort wieder an der Leine.

Dies ist bis heute so geblieben. Ein Risiko, das Annie erneut in Feld, Wald und der Nachbarschaft wildert, sind wir nicht wieder eingegangen. Auslauf bekam Annie zusammen mit dem Pferd. Hierbei hielt ich die Zügel in der rechten und Annie an der Leine in der linken Hand.

Dies ging ungefähr zwei Jahre gut. Immer, wenn Annie Rehe sah, wollte sie losstürzen und zog mich fast vom Pferd. Mir gelang es jedes Mal, die Leine zu halten, bis auf ein Mal, als das Pferd sich in der Nähe des Hofes erschreckte, auf den Hinterhufen drehte und Annies Leine sich hierbei um die Hinterbeine des Pferdes wickelte. Das Pferd erschreckte sich hierdurch noch mehr und galoppierte Richtung Hof. Um nicht herunter zu fallen, ließ ich die Leine los und Annie verschwand in den

Wald - froh, endlich jagen zu können. So dachte sie.

Ich drehte also wieder um und ritt meinen Weg in der Hoffnung, Annie hierbei zu entdecken. Nachdem ich wieder in der Nähe der Stelle war, an der ich Annie „verloren“ hatte, hörte ich ein Bellen. Das konnte nur Annie sein. Ich ritt also in Richtung des Bellens und stand irgendwann vor einem Waldstück, aus dem das Bellen drang. Annie konnte sich nur mit der Leine irgendwo verhakt haben. Zum Glück war in dem Wald eine Schneise mit umgestürzten Bäumen. Da es kurz vor dem Einbrechen der Dunkelheit war, blieb mir keine Zeit mehr, mein Pferd zum Hof zu bringen und zu Fuß zurückzukehren. Ich hatte Angst, dass Annie durch die dort oft frei laufenden Wildschweine etwas zustoßen würde.

Also stieg ich ab, nahm mein Pferd und stieg vorsichtig über die umgefallenen Bäume die Schneise entlang. Tief im Wald sah ich Annie, die nur noch kläglich bellte. Ich führte mein Pferd in den Wald hinein, ließ es stehen und kroch unter den Zweigen entlang zu Annie. Die Leine hatte sich um einen Ast gewickelt und Annie konnte dadurch nicht weiterlaufen.

Ich machte Annie los, sammelte mein Pferd ein, dirigierte es rückwärts aus dem Wald und stieg mit beiden über die Bäume entlang der Schneise zurück. Erst als wir heil aus dem Wald heraus waren, merkte ich, wie mir mein Herz bis zum Hals schlug.

Erst viel später überlegte ich, was alles hätte passieren können, wenn mein Pferd nicht so ruhig stehen geblieben wäre. Seit diesem Tag nahm ich Annie nur noch selten mit zum Reiten. Statt dessen fuhr ich mit ihr Fahrrad, was weitaus ungefährlicher war – so dachte ich..... An einem schönen Sommermorgen teilte ich meinem Mann mit, dass ich mit Annie ein wenig radeln wollte. Mein Mann ging daraufhin mit Murphy in den Wald und Annie und ich radelten fröhlich der Sonne entgegen.

Nach ca. 15 Minuten sah ich ein Reh von einem Feld Kurs auf unseren Weg nehmen. Bevor ich dazu kam anzuhalten, trat das Reh auf den Weg, nahm die Richtung auf uns zu und lief links an uns vorbei. Annie hatte das Reh ebenfalls beobachtet und lenkte ihre Schritte ihrerseits nun ebenfalls in die entgegengesetzte Richtung und zog mich somit samt Fahrrad zu Boden.

Anfänglich hielt ich noch die Leine fest, Annie zog noch einmal und schwups, weg war sie samt Leine. Ich dachte nur „Nicht schon wieder“. Zum Glück lief sie die Richtung nach Hause. Das Reh war längst über alle Berge und mein Mann sah Annie auf ihrem Weg durch den Wald. Er rief einige Male und Annie kam freudig auf ihn und Murphy zugelaufen. Im selben Moment kam ich auf der Suche nach Annie angeradelt und wir waren froh, dass weder Annie noch mir etwas passiert war. Tja, fortan war somit auch das Radeln passé und ich unternahm lieber lange Spaziergänge mit den Hunden.

Zwischenzeitlich hatte ich meine Arbeit aufgegeben und hatte mich selbstständig gemacht. Ich hatte mein Büro in unserem Haus und war somit Tag und Nacht mit den Hunden zusammen. Die Meute fand das toll! Ich auch!!

8. Barney

Ich kann heute nicht mehr sagen, wie die Entscheidung für einen dritten Hund getroffen wurde. Ich weiß auch nicht, weshalb wir uns ausgerechnet für einen Beagle entschieden, nur, dass wir gesagt haben, dass es ein Meutehund sein muss, der mit den beiden anderen Hunden auf jeden Fall auskommen sollte.

Eines kann ich jedoch sagen: Die Entscheidung für einen Beagle war das Beste, was uns im Leben passieren konnte. Die Mimik eines Beagles ist unübertroffen!

Beagle Barney

Kein anderer Hund kann so viel mit einem Gesichtsausdruck sagen, wie ein Beagle. Kein anderer Hund kann in den ersten Jahren so viel zerstören wie ein Beagle, so dass man sich für die ganzen zerstörten Gegenstände fünf neue Beagle kaufen könnte. Bei keinem anderen Hund kann man jeden Tag so viel lachen, wie bei einem Beagle. Ein Beagle hat eigentlich nur zwei Ziele: Möglichst viel fressen an einem Tag und am selben Tag möglichst viel Blödsinn anzustellen! Nach vollbrachtem Tagewerk liegt der Beagle dann laut schnarchend neben uns auf dem Sofa oder in seinem Körbchen, zufrieden mit sich und der Welt und dem, was er tagsüber so alles angestellt hat.

In Büchern und im Internet lasen wir, dass der Beagle ein Jagdhund ist und seinen Ursprung in England hatte. Als lauffreudiger Meutehund wurde er für Treibjagden auf Hasen gezüchtet. Durch sein freundliches soziales Wesen war er gut als Meutehund geeignet. Natürlich lasen wir auch, dass der Beagle als Jagdhund auch sicher seiner Passion nachgeht und auch sehr dickköpfig und vor allem verfressen sein soll. Wir fanden deshalb, dass ein Beagle gut in unsere kleine Meute passen würde.

Über das Internet wurden wir fündig und holten unseren Beagle mit acht Wochen aus einer Beaglezucht im Harz. Die Auswahl fiel nicht schwer, da es nur noch ein Rüde und drei Hündinnen gab. Da wir bereits Murphy hatten und eine Hündin nicht sterilisieren wollten, war klar, dass es ein Rüde sein musste.

Annie und Murphy hatten wir mitgenommen und im Garten des Züchters mit dem Beaglewelpen laufen lassen. Die drei interessierten sich nicht so sonderlich füreinander. Der Beagle war noch zu klein und die beiden anderen fanden die Gerüche im Garten des Züchters interessanter, als einen Babybeagle. Wir luden also Barney - wie wir ihn nannten - auf meinen Schoss und fuhren los.

Auch Barney war von seinem Züchter gefüttert worden und lies unterwegs das Futter auf meiner Hose. Zu Hause angekommen, bekam Barney sein eigenes Körbchen und fügte sich ohne Probleme in die Meute ein. Murphy war eindeutig der Chef und brachte ihm sofort bei, was ok war und was er nicht durfte. So musste der Beagle immer hinten anstehen, wenn es zum Spaziergang nach draußen ging. Drängte er sich einmal vor, wurde er sofort von Murphy zurückgewiesen. Dies hat den Vorteil, dass der Beagle auch heute noch artig wartet, bis er an der Reihe ist, wenn es zum Spaziergang geht.

Bis Barney ein Jahr alt war, hatte er viele Bücher gefressen, die restlichen Ecken der Bauernschränke angenagt, die noch heil waren, meinen I-Pod gefressen, zwei Brillen meines Mannes sowie einige Paare meiner Schuhe zerkleinert. Dabei zerbiss er freundlichst immer nur einen der Schuhe und ließ den anderen ganz. Im Sommer hatte er den Gartenschlauch und die Gartendusche zerkaut sowie die neuen Körbchen der Reihe nach angenagt. Er hat sicher noch viele Dinge mehr zerbissen, die mir jedoch alle entfallen sind, oder ich habe sie verdrängt.

Im Laufe der ersten Monate hatte es sich eingebürgert, dass wir Barney nur noch „Beagle“ nannten. Weshalb das so war, kann ich heute nicht mehr sagen. Somit wird Barney im Verlauf dieses Buches auch immer nur „der Beagle“ genannt.

Anfänglich gingen wir ohne Leine mit dem kleinen Beagle in den Wald. Dies würde ich heute nicht mehr machen, aber damals war es schön, zwei Hunde laufen zu lassen, und nur mit Annie an der Leine zu gehen. Mit vier Monaten fing der Beagle an, eigene Wege im Wald zu laufen. Er folgte den Spuren der Waldtiere und wir hatten Mühe, ihm zu folgen.

Da ich gerade mit Annie die Hundeschule im Einzelunterricht besuchte, machte ich mit dem Beagle dieselben Übungen. Dies klappte anfänglich gut, und zwar bis zu dem Tag, als der Beagle eine Spur im Wald verfolgte.

Ich stand auf dem Weg und er lief neben mir im Wald und verfolgte mit seiner Nase die Spur. Er lief über den Weg, mir fast über die Füße, war jedoch nicht zu fassen, jagte in den gegenüberliegenden Teil des Waldes und war verschwunden. Ich lief mit den übrigen Hunden nach Hause und holte ein Glas Würstchen, aber auch das interessierte den Beagle nicht. Irgendwann kam mein Mann, ging ebenfalls in den Wald, stellte sich mitten auf den Weg und rief nach dem Beagle. Dieser - von der Jagd wohl nun müde - kam zu ihm gelaufen und ließ sich an die Leine nehmen.

Der Beagle ging fortan beim Spaziergang an der Leine und nur bei den Übungen durch das Dorf und im Wald, leinte ich ihn ab. Immer, wenn wir Leute mit einem Beagle trafen, z.B. auf der jährlichen Pferdemesse in Hannover, der „Pferd & Jagd“, wurden wir auf unseren süßen Beagle angesprochen. Wir erfuhren, dass eigentlich die meisten Beagle irgendwann nur noch an der Leine gingen, da ihre Nase im Wald einfach zu viele verführerische Spuren verfolgte.

Einige Wochen später war ich mit der Meute sowie mit Annette und Hündin Beverley unterwegs. Wir trafen einen Mann auf seinem Fahrrad, der uns erzählte, dass er bis vor ein paar Wochen auch einen Beagle hatte. Dieser sei ihm ständig weggelaufen, aber irgendwann dann doch nach Hause zurückgekehrt.

Eines Tages hatte sein Beagle jedoch eine Spur verfolgt. Er hatte dabei die Nase tief am Boden und den herannahenden Zug nicht gesehen oder gehört.

Er kehrte nie wieder nach Hause zurück. Diese Geschichte ging mir so zu Herzen, dass Beagle Barney zu seinem eigenen Schutz zukünftig an der Leine ging. Wir wollten ihn auf gar keinen Fall verlieren.

9. Allergie /Barf oder nicht Barf

Nach ungefähr einem Jahr stellten wir fest, dass Barney sich ständig kratzte und rote Haut hatte. Wir gingen mit ihm zum Tierarzt, er bekam eine Cortisonspritze und wurde auf

Milben sowie Störungen der Schilddrüse untersucht. Das Ergebnis war negativ. Nach einigen Wochen ließ die Spritze nach und er kratzte sich wieder.

Im Stall hatte eine Tierärztin ihre Pferde stehen und führte auch Untersuchungen für Hunde durch. Wir gaben ihr das mit, was der Beagle zu fressen bekam und sie führte einige Tests durch. Das Ergebnis lag bald vor: Der Beagle hatte eine Allergie gegen Milcheiweiß und Weizen, also somit gegen fast alles, was er zu Fressen bekam. Kein Wunder also, dass der Ärmste sich so kratzte.

Wir kauften daraufhin Allergiefutter ohne Weizen vom Tierarzt, gaben ihm keine Kauknochen oder Würstchen mehr und hofften auf Besserung. Zur Beruhigung bekam er noch eine Cortisonspritze. Die Besserung trat nach ein paar Tagen ein und hielt ungefähr drei Monate. Bald kratzte sich der Beagle wieder, die Haut wurde erneut rot und es war ein Jammer, seinem Leiden zuzusehen.

Ich telefonierte mit meiner Freundin Petra, deren Parson-Jack-Russel-Terrier ähnliche Symptome hatte. Sie hatte eine Tierheilpraktikerin konsultiert, die ihr geraten hatte, sämtliches Trockenfutter vom Futterplan zu streichen und die Rohfütterung auch genannt B.A.R.F (zu deutsch: Biologisch artgerechte Rohfütterung) zu beginnen. Hiermit hatte meine Freundin gute Erfolge erzielt. Ich bat um den Futterplan und stellte den Beagle auf Rohfütterung um. Der Begriff „Barf" bedeutet Born-Again Raw Feeders, was soviel bedeutet wie wiedergeborene Rohfütterer. In Deutsch wurde es dann mit „Biologisches Artgerechtes Rohes Futter" übersetzt.

Barfer füttern rohes Fleisch, gemischt mit Getreide oder Gemüseflocken oder auch püriertes Gemüse sowie gekochte Kartoffeln, Reis oder Nudeln. Wichtig ist, darauf zu achten, dass der Hund mit allen Nährstoffen und Vitaminen ausreichend versorgt ist und keine Unterversorgung oder Mangelerscheinungen entstehen.

Da ich vom Barfen noch nicht so viel Ahnung hatte, kaufte ich – wie meine Freundin auch – Hühnerklein. Im Hundeladen, auf der Suche nach Leckerlis ohne Weizen und Milcheiweiß, unterhielten wir uns mit der Verkäuferin, die uns darauf hinwies, dass wir bei Rohfütterung auch immer Kartoffeln oder Reis dazu füttern müssen, damit der Beagle keinen Nierenschaden erlitt. Also kochten wir Reis oder Kartoffeln. Nudeln gingen nicht, da diese Weizen enthielten.

Nach ein paar Tagen trat eine merkliche Besserung ein. Barney kratzte sich nicht mehr so häufig und die gerötete Haut wurde auch besser. Wir waren überglücklich. Nach einigen Wochen verschlechterte sich der Zustand von Barney jedoch wieder. Er fing erneut an, sich zu kratzen. Wir suchten unseren Tierarzt im Dorf auf, der uns für verrückt erklärte, dem Hund rohe Hühnerknochen zu füttern. Er wies uns auf die spitzen Knochen hin, die den Magen des Beagles förmlich aufschlitzen konnten.

Wir erschraken fürchterlich und kauften ab sofort wieder das Allergiefutter. Der Tierarzt gab uns Cortisontabletten mit, damit wir das Cortison selbst dosieren konnten.

Es trat jedoch kaum eine Besserung ein. Wir waren verzweifelt. Eines Tages traf ich in unserer Straße ein Ehepaar, dass dort ein Ferienhaus sowie ebenfalls eine Beaglehündin besaß. Es war der dritte Beagle des Ehepaares und ich klagte ihnen unser Leid. Sie gaben mir darauf hin eine Adresse einer Heilpraktikerin in Hamburg und erzählten, dass ihr zweiter Beagle eine Vergiftung hatte, die nur durch diese Heilpraktikerin entdeckt worden war. Am nächsten Tag machte ich sofort einen

Termin und einige Wochen später fuhren wir mit Beagle Barney zu der Heilpraktikerin. Diese schaute den Beagle an und fragte uns über dies und jenes zu dem Beagle.

Am Ende teilte sie uns mit, dass ein Hund die 8-fache Magensäure eines Menschen bildet und somit prima Hühnerknochen und andere Knochen verdauen kann. Sie wies uns darauf hin, dass die Rohfütterung, auch Barfen genannt, das Optimale für den Beagle und für jeden anderen Hund sei. Hiermit würde vermieden, dass die Hunde irgendwelche Stoffe zu sich nehmen, die sie möglicherweise nicht vertragen. Sie empfahl uns jede Menge Bücher zu dem Thema, gab uns fermentiertes Getreide und Tipps zur Fütterung mit. Sie meinte, dass eine halbe Cortisontablette, also 0,5 mg pro Tag kein Problem für einen Hund seien; dieser damit bei richtiger Fütterung sogar ein hohes Alter erreichen konnte. Wir fassten wieder Mut, gingen nach Hause und stellten alle Hunde auf Rohfütterung um.

Wir kauften Bücher über das Barfen und surften durch das Internet. Ich meldete mich in einem Beagleforum an und erfuhr, dass es noch mehr Beagle mit diesen Problemen gab. Auch die Besitzer dieser Beagle hatten schlimme Erfahrungen mit zu viel Cortison und Trockenfutter gemacht und waren daher mit dem Barfen zu einem allergiefreien Beagle gekommen. Gleichzeit bekam ich durch das Forum Tipps zu Fütterung, da mir bis dahin nicht klar war, wie ich zum Beispiel den Beagle dazu bekommen sollte, Feldsalat in seiner ursprünglichen Form zu fressen. Auch unsere anderen Hunde fraßen mit langen Zähnen klein geschnippelte Möhren und anderes Gemüse und sahen dabei nicht glücklich aus.

Wir kauften daraufhin einen elektrischen Mixer und heute bin ich die „Königin des Mixens“. Wir kauften eine dünne Broschüre über das Barfen, in der genau aufgeführt war, welches Gemüse die Hunde vertragen und welches nicht. Auch ein fleischfreier Tag wurde einmal wöchentlich empfohlen. Ich surfte durchs Internet und fand einen Futterhandel, dessen Versandkosten sich nicht nach der Menge berechneten und dessen abgepacktes Futter gefroren und vakuumverpackt in 1000g Paketen verschickt wurde. Über das Internet bestellten wir Leckerlis ohne Weizen, etc., das heißt Rinderohren, Kopfhaut, etc. Die Hunde haben es uns gedankt.

Der Beagle war nach weiteren sechs Monaten absolut beschwerdefrei und ist es nach weiteren Jahren immer noch. Er bekommt mehr Gemüse und Fleisch anstatt Kartoffeln und Fleisch, da ein Beagle sonst sehr schnell sehr dick wird. Da unser Beagle nicht so der Fahrradtyp, sondern eher der „Nase am Boden beim Sparziergang-Typ“ ist, müssen wir natürlich immer darauf achten, dass er nicht zu moppelig wird.

10. Beagle-Blödsinn

Sein natürliches Futter besorgt sich der Beagle gern, wenn ich wieder eine Schale Gemüse püriert habe, vergesse, diese Schale auf dem Küchentresen nach hinten zu schieben und mich kurz dem Kühlschrank zuwende oder meine Hände wasche.

In diesem kurzen Moment stützt sich der Beagle gern mit seinen Pfötchen am Küchentresen ab, hat eine Kunstfertigkeit mit seiner Nase entwickelt, in dem er die Schale so lange hin und her schiebt, bis sie etwas übersteht, um dann mit der Nase durch einen kräftigen Stupser die Schale zum Fliegen zu bringen.

Dies Schale landet dann für gewöhnlich direkt vor seinen Pfötchen und alle Hunde – die den Beagle mit Spannung beobachtet haben - stürzen sich mit Vergnügen auf das Püree. Prima. Frauchen kann ja dann die Küche putzen, die Wände und Schränke abwischen und den

Fussboden wischen und für den nächsten Tag alles noch einmal neu pürieren.

Immer wieder schön sind auch abends auf dem Wohnzimmertisch vergessene Jogurthbecher, Schokoladentafeln, Bonbons und sonstige Knabberein. Der Beagle findet sie alle, auch, wenn wir schon längst im Land der Träume sind, packt der Beagle fein säuberlich alles aus und vertilgt es. Gern werden auch Tassen ausgeschleckt, die vormals mit Kakao befüllt waren.

Wir dürfen dann am nächsten Morgen die Papierschnipsel beseitigen und uns ärgern, dass wir mal wieder nicht aufgepasst haben. Natürlich werden diese selbst beschafften Leckereien dann vom Beaglefutter abgezogen.

Es gibt keinen Hund, der schneller als ein Beagle mit einem vom Küchentresen gemopsten halben Weißbrot an einem vorbei, aus der Tür und in den Garten düsen kann. Auch die

Brötchen aus der eben abgestellten Tasche finden denselben schnellen Weg in den Garten oder die Treppe hoch in das erste Geschoss. Flitzt man hinterher, hat der Beagle mindestens bereits zwei Brötchen vertilgt und widmet sich gerade dem dritten. Erstaunlich ist, dass alle Brötchen im Beaglemagen bleiben und einen ganz natürlichen Weg der Verdauung nehmen - betrachtet man den schnellen Weg der Nahrungsaufnahme.

Beliebt ist auch, das Brot aus Herrchens Hand im Flug zu nehmen. Hierzu nimmt der Beagle Anlauf, passt einen Moment ab, in dem Herrchen mit dem Brot in der Hand ein Gespräch mit Frauchen führt und somit nicht das Brot zum Mund führen kann, schnappt sich das Brot im Flug und flitzt damit aus der Tür. Dies alles geht so schnell, dass man überlegen muss, ob man eben noch ein Brot in der Hand hatte oder nicht.

Im Sommer muss der Grill bewacht werden, da

ansonsten die Gartenparty ins Wasser fällt. Nach dem Grillen und Essen muss der Tisch bewacht werden. Wir haben beobachtet, wie der Beagle aus dem Stand auf den Tisch springt, um eventuell nicht verspeiste Würstchen zu suchen. Hilfreich haben sich hier Kauleckerlis für den Beagle bewährt, die die Grillzeit überdauern. Auch das Bewachen des Grills mit einer Wasserpistole hält den Beagle von allzu frechen Manövern ab.

Der neueste Streich des Beagles ist es, die Schreibtische im Büro nach Keksen oder anderen Leckereien zu untersuchen. Hierbei steckt der Beagle auch gern seine Nase in stehen gelassene Gläser mit Kaffee und Milchschaum und schleckt gern mal den Milchschaum ab, was natürlich absolutes Gift im Hinblick auf seine Allergie ist. Alle Versuche, den Beagle von den Schreibtischen zu bekommen, auf die er im Übrigen erstaunlicherweise auch aus dem Stand springt, sind bisher gescheitert. Nur eine verschlossene Tür kann den Beagle hiervon abhalten. Bisher hat er es noch nicht geschafft, die Türklinken zu öffnen. Zum Glück!

11. Carlos

Bei einem unserer Urlaube auf Sylt kauften wir für Annie ein neues Halsband in einem Hundegeschäft in Westerland. Dort saß ein Hund, der aussah wie eine Statue. Er war wunderschön, schlank und edel. Wir waren vollkommen begeistert. Auf Nachfrage teilten uns die Besitzer mit, dass es sich um einen Magyar-Vizsla handele. Diese Rasse war uns vollkommen unbekannt. Wenige Tage später saßen wir in einem Restaurant am Strand und konnten genau diesen Hund beim Laufen beobachten. Es war herrlich anzusehen, wie schnell dieser schlanke Hund laufen konnte. Es veranlasste mich, meinem Mann mitzuteilen, dass dies der richtige Hunde dafür wäre, um am Pferd mitzulaufen. Mein Mann gab mir Recht. Wir erkundigten uns im Internet nach der Hunderasse und lasen, dass der Magyar-

Vizsla ein sensibler, apportierfähiger und vor allem lauffreudiger Hund sei, der ein ausgeprägtes körperliches Kontaktbedürfnis zu seinem Hundeführer hat und auch sehr gut als Fährtenhund einsetzbar war. Demnach also ein verschmuster Laufhund, der ideal als Pferdebegleithund und bei der Fährtenarbeit wäre.

Nach der Rückkehr aus unserem Urlaub sprachen wir nicht mehr darüber und der Hund geriet in Vergessenheit. Im Dezember 2008 gingen wir – wie jedes Jahr – zur Messe „Pferd & Jagd“ in Hannover. Wir schlenderten über die Messe, kauften dies und das und sahen an einem Pfeiler ein Bild von einem Hund. War dies nicht die Rasse, die wir auf Sylt gesehen hatten? Stimmt, das war solch ein Hund. An die Rasse konnten wir uns leider nicht mehr erinnern. Der Mann an dem Stand hinter dem Pfeiler klärte uns auf, dass es sich hierbei um einen Magyar-Vizsla handeln würde, den er zufällig zu verkaufen hätte. Allerdings würde sich nun auch bereits ein anderer Mann für den Hund interessieren. Ohne zu überlegen, gaben wir dem netten Mann unsere Telefonnummer und teilten ihm mit, dass wir ebenfalls Interesse an dem Hund hätten.

Wir fuhren nach Hause und sagten uns, es wäre nun Schicksal, wenn der Mann uns anruft oder den Hund an den anderen Interessenten gibt. Abends gegen 21 Uhr klingelte das Telefon. Der Mann teilte uns mit, dass wir den Hund abholen könnten. Wir setzten uns sofort ins Auto und fuhren los. Nach ca. einer Stunde Fahrt hatten wir den Hof erreicht. Wir wurden hereingebeten und lernten Carlos und seine Mutter Masha kennen.

Carlos war bereits vier Monate alt und eigentlich verkauft. Jedoch hatten die Vorbesitzer nur eine Wohnung und waren tagsüber arbeiten, so dass der Mann sich dagegen entschieden hatte, Carlos dorthin zu geben.

Carlos am Strand der Sonneninsel Fehmarn.

Wir hoben Carlos nach Abwicklung der Formalitäten in den Kofferraum und ab ging es nach Hause. Nach fünf Minuten Gewimmere aus dem Kofferraum gaben wir auf und holten Carlos nach vorn. Vorsichtshalber breitete ich eine Weste auf meinen Beinen aus, was sich dann – mal wieder – als vorausschauend herrausstellte, denn auch Carlos hatte kurz vorher sein Futter zu sich genommen.

Die übrigen drei Hunde strichen bei Carlos Ankunft um ihn herum und beschnüffelten ihn. Wir zogen uns in das Wohnzimmer zurück und überließen es den Hunden, sich miteinander bekannt zu machen. Dies klappte soweit ganz gut und wir gingen beruhigt schlafen.

Carlos krabbelte gleich am ersten Abend zu Annie ins Körbchen und erklärte sie zu seiner Ersatzmama. Der Beagle ging hoheitlich, wie es sich für einen kleinen Kronprinzen gehört, die Treppe hoch und machte es sich auf dem Sessel in unserem Schlafzimmer bequem, woraufhin er sich laut schnarchend seinen Protest von der Seele schnarchte. Einige Minuten später fiepte Carlos und mein Mann hatte Erbarmen mit dem armen Hund, dem offensichtlich seine Mama fehlte. Somit durfte Carlos seine erste Nacht mit seinem neuen Herrchen im Gästebett verbringen. Ich war grundsätzlich gegen Hunde im Bett und schon gar nicht in der ersten Nacht, da ich Bedenken hatte, dass der Hund dann immer in unserem Schlafzimmer schlafen wollte. Meine Bedenken waren jedoch vollkommen grundlos.

Carlos entwickelte große Angst, unsere Treppe hoch zu gehen, da diese offene Stufen hatte und man beim Hochgehen durchschauen konnte. Dies war ihm so unheimlich, dass er die nächsten Jahre unter der Treppe in seinem Körbchen schlief. Der Beagle, Murphy und Annie waren somit klar im Vorteil, wenn sie ihre Ruhe vor Carlos haben wollten. Mit Carlos wollten wir nun alles richtig machen. Wir erkundigten uns nach einem geeigneten Hundetrainer. Von einem guten Bekannten erhielt ich die Telefonnummer einer Züchterin für Magyar-Vizslas. Diese wiederum gab mir die Telefonnummer ihres Hundetrainers, der sich leider in einer Entfernung von einer Stunde Fahrt befand. Egal, dieser Hund nun sollte perfekt werden.

Wir buchten also einen Termin bei dem Trainer namens Peter und fuhren mit Carlos nach Bierbergen. Der Trainer kam auf unser Auto zu, wir stiegen aus, begrüßten ihn und holten Carlos aus dem Auto. Dieser winselte, duckte sich, ohne dass der Trainer auch nur ein Wort gesagt hätte. Dies war für uns ein gutes Zeichen. Wir absolvierten dann mit Carlos ein Training, das zwei Jahre andauerte und uns die Sonntage eines fast jeden Wochenendes sowie einiges an Geldtalern kosten sollte.

Entscheidend bei diesem Training war, dass Carlos komplett ohne Lekerlis erzogen wurde. Ich wollte nicht wie ein Känguru mit Beutel auf dem Pferd sitzen, damit Carlos besser hört. Er sollte ohne Lekerlis hören.

Mein Mann war zeitlich sehr eingespannt. Als Lehrer einer Berufsschule hatte er viel Stress. Ich absolvierte das Training mit Carlos – egal bei welchem Wetter – meistens allein. Einige Male nahm ich Annie mit, da Carlos sehr schüchtern war. Peter kam auch zu uns nach Hause, da Carlos nicht ruhig vor meiner Bürotür liegen konnte. Sobald er merkte, dass er allein im Flur liegen bleiben sollte und ich morgens im Büro verschwand, fing er an zu fiepen und zu jammern.

Peter zeigte uns, wie wir uns verhalten sollten und so wurde es langsam besser und ich konnte von morgens bis nachmittags in Ruhe arbeiten. Natürlich durften alle Hunde im Winter in mein Büro und vor dem Kaminofen liegen. Ich genoss es, zusammen mit der schnarchenden Meute zu arbeiten. Es hatte etwas Beruhigendes, wenn draußen die ersten

Schneeflocken fielen, es im November nasskalt war, es aus Kübeln schüttete und alle Hunde vor dem warmen Ofen schliefen. Die Ruhe wurde nur vom Schnarchen des Beagles unterbrochen.

Dumm war bloß, dass ich nach getaner Arbeit mit der Meute bei dem Wetter noch raus gehen musste. Meistens machte es jedoch den Kopf nach der Arbeit frei und mit den richtigen Stiefeln und einem Regenmantel konnten wir dem Wetter trotzen.

Carlos war der ideale Hund, um mich auf meinen zahlreichen Ausritten zu begleiten. Aufgrund unseres täglichen Trainings und den vielen Stunden bei unserem Hundetrainer befolgte er (meistens) meine Befehle sofort. Er lief nie allein weg oder in den Wald - so wie Timmy früher. Er blieb immer am Mann - wie man so schön sagt. Dies war bei den vielen Ausritten sehr von Vorteil. Ich gewöhnte ihm erst zu Fuß, dann am Fahrrad und später dann am Pferd an hinter mir zu gehen, so dass er nicht auf eine Straße lief. Zu Beginn der Ausbildung lief Carlos bei den ersten Ausritten immer voraus und war bereits auf die Straße, bevor ich etwas sagen konnte. Er hörte einfach überhaupt nicht. Peter kam und fuhr mit dem Fahrrad mit. Wir übten an den Straßenübergängen mit Carlos und dem Pferd. Es war etwas mühsam, aber irgendwann hörte er dann endlich. Ich übte natürlich auch auf meinen Spaziergängen mit Carlos.

Während der Ausbildung lernte Carlos z.B. an Toreinfahrten der Bürgersteige, oder an Ecken zu wehren. Dies bedeutete, dass der Hund durch langsames Gehen und Anhalten lernte, wenn eine Toreinfahrt oder eine Ecke kam und nicht einfach darüber hinweg lief. Dies half natürlich auf allen Spaziergängen oder Ausritten. Ich schickte Carlos während der Ausbildung um ganze Felder, setze ihn in einer Furche des Feldes an und bedeutete ihm - nur durch Handzeichen -, sich am Ende eines großen Feldes zu setzen und auf mein Kommando erst wieder los zu laufen.

Somit konnte ich Carlos während der Ausritte vorschicken oder hinter dem Pferd gehen lassen, oder ihn in größerer Entfernung, wenn er einmal etwas weiter vorgelaufen war, abzulegen und erst auf mein Kommando wieder los zu laufen. Während des Trainings liefen der Trainer, Carlos und ich durch viel Waldgebiet, um Carlos beizubringen, nicht hinter Rehen oder Hasen herzulaufen. Es kam uns dabei zugute, dass die Rasse an sich und Carlos insbesondere sehr anhänglich war und somit gut auf meine Kommandos hörte.

Entscheidend waren dabei kurze, klare Kommandos wie z.B. „Carlos, sitz", „Carlos, komm"„Carlos, warte" oder „Carlos, geh vor". Auch ein „Notfallkommando" brachten wir Carlos bei, was ich zum Glück selten nutzen musste. Es war dafür gedacht, wenn Carlos abgelenkt war und mal nicht gut hörte. Natürlich war das A und O der Ausbildung die tägliche Konsequenz im Umgang mit Carlos und auch den anderen Hunden. Die Hunde wussten durch unser Verhalten und unsere Kommandos genau, was sie durften und was nicht.

Auch heute noch übe ich fast täglich mit Carlos während der Spaziergänge, lege ihn hinter Ecken und an Wegkreuzungen ab und rufe ihn nach einigen Metern erst ab. Carlos zeigt meist durch Stehenbleiben und Pfote oder Nase heben an, dass z.B. Rehe in der Nähe sind. Diese kreuzen dann meist einige Sekunden später unseren Weg oder befinden sich in unmittelbarer Nähe. Ich gebe dann das Kommando „Carlos, warte“ oder „Carlos, komm“. Dann warten wir zusammen mit Pferd und Hund ab, bis die Rehe über den Weg auf die andere Seite in den Wald gehüpft sind. Die täglichen Übungen und die Konsequenz haben aus Carlos einen gut hörenden Pferdebegleithund gemacht.

Wir machten herrliche Ausritte in unsere wirklich schöne Umgebung rund um Gut Holtau. Vorbei an Örtze und Aller, ging es durch Feld, Wald und Wiesen. Es machte einen Riesenspaß über riesige verschneite Felder zu galoppieren, die in der Sonne glitzerten. Mit Louisa, der Tochter der Familie von Gut Holtau, machten Carlos, meine Stute Beauty und ich viele schöne Ausritte.

Im Frühjahr 2009 ritten wir alle zusammen für zwei Tage nach Severloh in die Südheide. Los ging es vom Hof mit einem Ritt über 3 Stunden. Wir waren die Strecke bereits einige Male in den Jahren zuvor geritten, jedoch immer mit einigen anderen Reiterinnen und nie zu zweit mit Hund. Natürlich waren wir spät losgeritten - wir dachten ja, wir kennen den Weg - und natürlich haben wir ihn prompt verfehlt.

Nachdem wir an einer Wegkreuzung mitten im Wald erst geradeaus geritten waren, kam uns der Weg nicht richtig vor. Also drehten wir um, ritten dann nach links - auch hier sah es falsch aus, also ritten wir nach rechts. Nun ja, das war auch nicht richtig. Es drohte nun schon bald dunkel zu werden, also entschieden wir uns noch einmal den ersten Weg geradeaus zu nehmen. Das war unser Glück. Kurz vor Einbruch der Dunkelheit kamen wir auf dem großen Reiterhof in Severloh an und konnten unser Zimmer beziehen.

Abends saßen wir gemütlich am Kachelofen in dem dazugehörigen Restaurant, Carlos lag zu unseren Füßen und alle waren erschöpft und glücklich. Immer, wenn wir in den nächsten Jahren bei längeren Ausritten an diese Kreuzung kamen, erinnerten wir uns an unsere Verwirrung und Angst vor der Dunkelheit. Zum Glück war alles gut gegangen und wir hatten eine schöne Zeit und viel Spaß bei unseren Ausritten im schönen Gelände von Severloh. Wir ritten durch die umliegenden Wälder, über Felder und durch Flüsse - die Pferde machten alles mit. Auch Carlos hielt gut durch und war abends - trotz längerer Ritte nicht so erschöpft, wie ich vermutet hatte. Damals in der Heide mit Louisa war es der letzte Ritt mit meiner Stute Beauty, der so lange dauern sollte.

Ein halbes Jahr später war ich mit Annika und ihrem Reitbeteiligungs-Pferd Winnetou, dem Pferd von Sophia, unterwegs, als Beauty plötzlich stark anfing zu schwitzen. Wir blieben stehen und Beauty fing an zu schwanken. Bevor sie hinfiel, sprang ich aus dem Sattel und versuchte sie zu führen. Nach einigem guten Zureden, gelang es uns, sie von dem schmalen Waldpfad auf einen breiten Waldweg zu führen.

Wir liefen zu Fuß mit beiden Pferden nach Hause. Ich rief den Tierarzt an. Dieser diagnostizierte Kreislaufversagen. Beauty war zum Glück bald wieder die alte, aber es wurde mir empfohlen, von nun an vorsichtiger und keine langen Strecken mehr zu reiten. Dies ist nun mehrere Jahre her. Beauty ist heute eine ältere

Dame und wird im März 2015 schon 23 Jahre alt. Trotzdem „hänge“ ich Beauty auch heute noch beim Reiten so manches Mal auf dem Hals, wenn sie sich im Gelände erschreckt und einen Riesensatz zur Seite macht. Ich kann mich dann gerade noch im Sattel halten, falle aber mit dem gesamten Gewicht nach vorn.

Ich erinnere mich noch gut, dass ich einmal vergessen hatte, den Sattelgurt nachzuziehen, sie sich im Gelände erschreckte und einen Satz nach links machte. Der Sattel drehte sich am Pferd und ich drehte mich Richtung Waldboden mit. Zum Glück war Beauty nach ihrem Schreck stehen geblieben und so konnte ich mich dann schnell zu Boden fallen lassen. Ich habe das Nachgurten dann nie wieder vernachlässigt.

Ein anderes Mal wollten wir über einen kleinen am Boden liegenden Baumstamm springen. Wir nahmen Anlauf und nach dem Sprung machte Beauty sofort eine Vollbremsung. Sie hatte eine Hundeschule gesehen, die einige Meter weiter im Wald mit einigen Hunden ihre Übungen absolvierte. Na prima. Leider hatte ich die Hundeschule nicht gesehen und war natürlich aus dem Sattel vom Pferd geflogen. Dummerweise war ich so unglücklich auf dem Boden gelandet, dass ich mir eine Bänderdehnung zugezogen hatte. Ich konnte gerade noch wieder in den Sattel steigen und mich von meinem Pferd nach Hause tragen lassen. Aber alles ist nicht so tragisch, denn bekanntlich liegt ja das Glück dieser Erde auf dem Rücken der Pferde.

12. Mit der Meute auf Sylt

Im Oktober 2009 fuhren wir mit der Meute nach Sylt. Kaum dort angekommen, suchten wir erst einmal den Hundestrand kurz hinter Westerland auf. Hier hatte ich einige Wochen zuvor – als ich mit einer Freundin und Carlos auf Sylt war – gute Erfahrungen gemacht.

Wir gingen an den Strand und waren glücklich, am Meer zu sein. Die Sonne lachte, es wehte – wie meist auf Sylt – ein ziemlich frischer Wind. Es war einfach herrlich. Da wir unsere Unterkunft noch nicht kannten, wollten wir nicht lange am Strand laufen und gingen bald zurück. Auf dem Parkplatz angekommen, stieg einige Meter weiter eine Frau mit einem kleinen Mischling aus ihrem Auto. Der Mischling nahm sofort Kurs auf unsere Meute, die wir gerade in den Kofferraum unseres Autos befördern wollten.

Es gab einen ziemlichen Tumult. Die Frau rief ihren Hund, der nicht hörte, was die Frau überhaupt nicht interessierte. Wir schafften es endlich, unsere Hunde in den Kofferraum zu bekommen und scheuchten den kleinen Mischling zu der Frau zurück.

Als wir bei unserer Unterkunft ankamen und den Kofferraum öffneten, sahen wir, dass alles voller Blut war. Barneys Fell war blutverschmiert, und wir erschraken furchtbar. Dann hatten wir endlich die Ursache gefunden, es war Carlos, der ziemlich heftig aus einem Loch auf der Nase blutete. Wir bezogen also unsere Unterkunft in Rantum und wuschen allen Hunden das Blut ab. Dann gingen wir erst einmal spazieren und hofften, dass das Bluten aufhören würde.

Wieder zu Hause, war dies auch der Fall, und wir gingen erfreut essen. Als wir vom Essen kamen, war die Nase schon etwas dicker, am nächsten Morgen aber auf das Doppelte angeschwollen. Armer Carlos. Wir fuhren sofort zu einem Tierarzt. Dieser stellte eine Vereiterung fest, spülte die Nase und gab ihm eine Schmerz- und eine Antibiotikaspritze. Mit der Ermahnung, nicht an den Strand zu gehen, damit kein Sand in die Wunde dringen konnte, schickte er uns wieder nach Hause. Na prima. Wir waren auf Sylt und durften nicht mit Carlos an den Strand!

Die Nase verheilte gut, schon am nächsten Tag war sie nicht mehr so dick, daher gingen wir trotzdem an den Strand. Der Tierarzt, den wir zwei Tage später für eine neue Antibiotikaspritze aufsuchen mussten, war ebenfalls zufrieden.

Carlos nahmen wir nun fast überall mit hin. Auf dem Weg zurück vom Munkmarschkliff begegnete uns ein Paar mit einem Vizsla. Na, so ein Zufall. Carlos sagte dem Vizsla „Guten Tag" und bums, verbiss der sich wiederum in Carlos Nase. Wieder floss eine Menge Blut. Das Paar ging weiter – ohne ein Wort zu sagen.

Wir sahen uns schon wieder beim Tierarzt. Zu Hause wuschen wir das Blut ab und stellten fest, dass der andere Hund Carlos an der Lefze gebissen hatte. Es hatte aber bereits aufgehört zu bluten. Wieder „armer Carlos". Von nun an werden wir mit der Begrüßung anderer Hunde vorsichtig sein!

Sylt mit den Hunden war ansonsten herrlich. Wir gingen gern in Rantum an den Strand und liefen bis zur Sansibar, nahmen eine Käseplatte und eine Currywurst zu uns und liefen wieder zurück.

Einmal hatten wir am Strand ein Paar mit einem Beagle kennen gelernt und waren zusammen zur Sansibar gelaufen. Als wir ankamen, schien die Sonne, so dass wir uns draußen hinsetzen konnten. Kaum war das
Essen da, fing es an zu schneien. Die nette Bedienung brachte Decken, und wir saßen im Schnee.

Annie, Carlos und Barney auf Sylt

Die Hunde lagen um uns herum, und wir erzählten, lachten und aßen. Es war herrlich! Zum Glück hörte es auf zu schneien, so dass der Rückweg nicht so beschwerlich und kalt war.

Auf Sylt bezogen wir am liebsten unser Quartier in Rantum. Hier konnten wir zur Wattseite über den Deich zwischen den Schafen hindurchwandern, mit Blick auf Rantum-Inge. Oder wir liefen zur Meerseite hin, am langen weißen Sandstrand entlang.

Auf dem Rückweg konnte man dann durch die Dünen laufen, Brötchen zum Frühstück holen und bei schönem Wetter draußen frühstücken. Manchmal liefen wir morgens in die Sansibar zu dem großen Frühstücksbüffet.

Abends gingen wir gern im Samoa Ente essen oder bestellten einen Tisch in der Sansibar. Beide Restaurants lagen mitten in den Dünen, so dass wir meistens nach dem Essen noch einen kleinen Spaziergang am Strand machten. Die Bedienung war in beiden Restaurants sehr nett und zuvorkommend. Wir nahmen immer einen der Hunde mit.

Unser Lieblingsrestaurant lag in List direkt am Strand: das Pfahlhaus. Hier konnte man mittags einfach herrlich in der Sonne sitzen, Austern schlürfen und dazu ein Glas Weißwein genießen. Danach liefen wir durch das Watt und freuten uns, dass Carlos daran ebenso viel Spaß hatte wie wir.

Bis auf die Zwischenfälle mit Carlos und der wunden Nase erlebten wir auf Sylt einen sehr schönen Urlaub.

13. Zahnprobleme

Im Frühjahr 2010 stellten wir fest, dass die Zähne von Carlos braun wurden. Dies hatten wir in früheren Jahren bereits bei Murphy festgestellt. Daher wussten wir, dass sich Zahnstein bildete, der gefährlich für Carlos werden konnte. Bei Murphy hatten wir den Zahnstein entfernen lassen, so dass wir nun auch für Carlos einen Termin beim Tierarzt vereinbarten.

Der Zahnstein wurde unter Narkose entfernt, und wir erfuhren, dass wir dies nun noch öfter vor uns hätten. Die Bildung von Zahnstein wäre genetisch bedingt, sie hing mit der Zusammensetzung des Speichels zusammen. Der eine Hund hat es, der andere eben nicht.

Schön ist so eine Narkose für den Hund in keinem Fall – auch nicht für die Besitzer. Als wir Carlos vom Tierarzt abholten, schlief er noch und war nicht ansprechbar. Wir trugen ihn ins Auto und legten ihn auf eine Decke in den Kofferraum.

Zu Hause trugen wir ihn ins Körbchen. Nachmittags versuchte er dann aufzustehen und brach ständig zusammen. Abends ging es dann allmählich wieder besser.

14. Mit Hund nach Cornwall

Im Oktober 2010 wollten wir mit Carlos nach Cornwall reisen. Hierfür mussten wir sechs Monate vorher einen Bluttest beim Tierarzt machen und Einreisedokumente beantragen. Alles verlief positiv und so fuhren wir mit Carlos im Kofferraum und vollgepacktem Rücksitz Richtung England. Es ging durch die Niederlande und Belgien – hier waren sogar nachts die Autobahnen beleuchtet – und kamen morgens in Calais in Frankreich an der Fähre an.

Unser Tierarzt hatte uns Einreisedokumente mitgegeben, in denen die Uhrzeit der Impfung zu Hause einzutragen war. Diese musste genau 12 Stunden vor Einreise vorgenommen sein. Da dies zu Hause natürlich niemand vorhersehen konnte, sollten wir nun die Uhrzeit selbst eintragen. Wir trugen also die Uhrzeit ein, wobei wir uns nicht sicher waren, ob diese nun genau 12 Stunden oder 12,5 Stunden betragen musste. Natürlich trugen wir die falsche Zeit ein und bekamen keine Freigabe für die bereits per Internet vorgebuchte Fähre. Da wir in England noch ca. acht Std. Fahrt vor uns hatten, war uns natürlich daran gelegen, in Frankreich schnellstmöglich auf die Fähre zu gelangen.

Wir erfuhren, dass es in Frankreich eine Tierarztpraxis geben würde, die eine andere Uhrzeit eintragen könne, wenn unser Tierarzt zu Hause diese per Fax bestätigen würde. Also rasten wir quer durch Calais, um diese Tierarztpraxis aufzusuchen. Nach 45 Minuten, drei Telefonaten mit unserem Tierarzt zu Hause, der natürlich die Bestätigung auf Englisch verfassen musste sowie 25 € weniger in der Geldbörse rasten wir wieder Richtung Fähre und erwischten diese auf die letzte Minute. Puh, war das eine Aufregung.

Durch unsere Vorbuchung im Internet bekamen wir ein Schild ins Auto, das unser Auto als Reisemobil mit Haustier auswies. So durften wir als Erste auf die Fähre fahren und in Dover wieder von der Fähre herunter fahren. Wir hatten große Bedenken, das Carlos allein im Kofferraum die Überfahrt unheimlich finden würde, aber unsere Bedenken waren grundlos. Alles verlief gut und nach weiteren acht Stunden Fahrt in England hatten wir unser Dorf in Südengland namens Cadgwith endlich erreicht.

Im Dunkeln war es kaum zu finden, so dass wir zunächst an einer beleuchteten Haustür klingeln mussten. Die nette Hausbesitzerin erklärte uns, wo sich unser Cottage befand. Es ging steil bergab. Zum Glück war mein Mann ein guter Autofahrer und konnte in die Einfahrt zu dem Cottage einparken. Am nächsten Morgen sahen wir im Hellen, das uns die steil bergab fallende Straße direkt über die Klippen ins Meer geführt hätte. Wir hatten noch einmal Glück gehabt.

Das Cottage war wunderschön, Carlos bekam ein Platz im Flur und wir schliefen im Schlafzimmer im Erdgeschoss in seiner Nähe. Die Küche war im ersten Obergeschoss mit einer Tür in den herrlich in Stufen angelegten Garten. Von hier aus konnte man das Meer sehen – ebenso wie aus dem Wohnzimmer -.

Während dieser Woche in Cornwall fuhren wir von unserem Cottage in malerischen Fischerdorf Cadgwith in der Nähe vom Lizard Point (dem südlichsten Punkt Englands) über Land`s End (dem westlichsten Punkt Englands) zu Jamie`s Fithteen in Newquay. Wir besichtigten die wunderschönen Pflanzen im Trebah Garden, tranken Tee und aßen unterwegs Scones mit homemade Jam in den kleinen Fischerdörfchen und fuhren nach Boscastle in Devon. Hier besichtigen wir das Hexenmuseum und kauften Schuhe, Jacken und vieles mehr.

Der schönste Platz für uns war in unserer Nähe von unserem Cottage - in Kenndale. Hier gab es ein kleines Café in den Klippen, so dass man zunächst über die Klippen nach unten zum Meer klettern musste, um dann mit Tea und Scones gestärkt den Aufstieg zu wagen. Carlos war überall mit dabei und kraxelte wie eine Bergziege über die Klippen.

In Moushole kauften wir eine schöne Teetasse als Erinnerung und wanderten durch den kleinen idyllischen Fischerort. Überall gab es kleine Restaurants, in die man einkehren konnte. In St.Yves, einem Künstlerstädtchen am Meer, parkten wir oberhalb der Stadt und liefen zu Fuß in die Stadt, aßen in einem Pub mit Blick auf das weite blaue Meer, kauften mehrere Bilder und fuhren weiter nach St.Michael´s Mount, einer Festung im Meer in der Bucht von Penzance. Auf einem Flohmarkt kauften wir Billy, den singenden Fisch und einen Kronleuchter, der nun das Büro von meinem Mann beleuchtet.

Wir suchten König Arthurs Festung, von der im Nieselregen dann doch nur noch die Überreste zu finden waren und ein großes Hotel, das neben der damaligen Festung gebaut worden war. Es gab eigentlich nichts zu sehen, so dass wir uns ein wenig enttäuscht auf den Rückweg machten. Ein wenig entschädigt hatte uns das Old Post Office in Tintagel aus dem 14. Jahrhundert. Wir besuchten Penzance, Plymouth und den Hafen von Polperro und ließen uns in die Romane von Rosamunde Pilcher versetzen.

Land`s End, die südlichste Spitze Englands begrüßte uns mit strahlendem blauen Himmel und freiem Parken. Im Mai war hier sicher sehr viel los und Schilder teilten uns mit, dass dann auch Parkgebühren fällig waren. Wir konnten uns also in Ruhe umsehen und die Landschaft genießen – ohne viele Touristen.Aufregend waren oft die Wege, die uns zu den verschiedenen Orten führten. Diese waren meist nur so breit wie ein einzelnes Auto und sehr kurvig. Schnelles Fahren war nicht möglich und wir wussten nie, wenn wir um die Kurve fuhren, ob ein Auto entgegen kam. War dies der Fall, musste eines der Autos zurückfahren, um das andere vorbei zu lassen.

Carlos benahm sich wie der beste Hund der Welt und ging elegant und meist hoch erhobenen Hauptes neben uns.

Am meisten beeindruckte uns das Minak Theatre. Dieses war das von Rowena Cade im Jahr 1920 gekauft und zu einem Theater umgebaut worden. Rowena Cade war eine Theaterliebhaberin und bot zunächst den Garten für Aufführungen an. Sie selbst und ein Gärtner legten in mühevoller Arbeit Sitzplätze und eine Bühne an. Die Steine hierfür sammelten sie u.a. am Strand. Rowena Cade baute ihr Leben lang an dem Theater und starb im Alter von 89 Jahren im Jahr 1983.

Minack-Theater, Cornwall

Carlos auf einem Klippenpfad in Cornwall

Während der Rückfahrt auf der Fähre hatten wir starken Seegang. Die Fähre schwankte und mit ihr die vielen Menschen auf ihr. Die Waschräume und WC`s waren stark frequentiert und wir bangten um Carlos im Kofferraum. Wieder machten wir uns umsonst Sorgen.

Nachdem die Fähre vor Calais hin- und herkreuzte und endlich einlaufen durfte, konnten wir von Bord fahren. Kurz vorher hatten wir nach Carlos gesehen, der uns putzmunter und schwanzwedelnd begrüßte. Es war ein wunderschöner Urlaub, den wir nie vergessen werden. Irgendwann werden wir sicher wieder nach Cornwall fahren. Es gibt dort noch so viel zu entdecken, was wir auf unserer Reise nicht gesehen haben.

Zu Hause erwarteten uns Annie, Murphy und Barney, um die sich netterweise meine Mutter gekümmert hatte. Die Wiedersehensfreude war groß.

15. Urlaub auf Rügen

Im Oktober 2011 fuhren wir mit allen vier Hunden nach Rügen. Wir hatten ein schönes reetgedecktes Haus in einer Ferienhaussiedlung in Glowe in Strandnähe gebucht. Bei der Ankunft war es nicht so wie auf anderen Inseln, auf die man mit einer Fähre oder Autozug fährt. Eigentlich merkt man gar nicht, dass man sich auf einer Insel befindet. Man fährt auf der Straße und ein Schild macht darauf aufmerksam, dass man sich nun auf Rügen befindet. Wir fuhren dann noch einmal ca. 50 km zu unserem Urlaubsort Glowe.

Ich machte mich zunächst mit nur zwei Hunden auf die Suche nach dem Strand. Hierfür musste ich mit beiden Hunden durch die Ferienhaussiedlung laufen. Am Ende gab es einen kleinen Park mit Hundetoiletten und Beuteln für die Hinterlassenschaften und einen Kinderspielplatz. Am Ende des Parks führte eine Eisentreppe hinunter an den steinigen Strand, der fast komplett mit Kies und Steinen bedeckt war. Die Treppe konnte ich mit den Hunden nicht gehen, Murphy wäre mit seinen kleinen Pfoten in dem Gitter stecken geblieben und auch bei Barney hatte ich Bedenken. Da der Strand nicht zu einem Spaziergang einlud, machte ich mich wieder auf den Rückweg.

Am nächsten Tag fuhren wir auf der Suche nach dem Strand die Straße entlang Richtung Juliusruh. Kurz hinter Glowe gab es Parkplätze entlang der Straße. Im Sommer waren diese kostenpflichtig, im Herbst konnte man hier jedoch kostenfrei parken. Es ging durch ein kleines Wäldchen hindurch und wir waren am schönen langen Sandstrand.

Leider hörte man am Strand den Verkehr von der Straße. Wir machten einen langen Strandspaziergang und fuhren anschließend nach Binz und Sellin. Das Wetter war kühl, aber wunderschön sonnig – also ein perfekter Tag für die beiden Seebäder. Wir bewunderten die wunderschönen Häuser an der Promenade und bummelten durch Binz und Sellin.

Am nächsten Tag machten wir uns auf zu einem Besuch der Kreidefelsen. Natürlich wollten wir - wie alle Touristen - am liebsten direkt bis zu den Kreidefelsen fahren. Natürlich war dies nicht möglich. Wir mussten auf einen großen kostenpflichtigen Parkplatz parken. Danach hatten wir die Wahl mit vielen anderen Touristen die drei Kilometer zu Fuß zu den Kreidefelsen zu wandern, oder kostenpflichtig mit dem Bus zu fahren. Wir entschieden uns für die Busfahrt und durften auch Carlos mitnehmen, der natürlich auch als Fahrgast bezahlen musste.

Bei den Kreidefelsen angekommen, hatten wir wiederum die Wahl Eintritt zu zahlen, um in das Nationalpark-Zentrum Jasmund zu gelangen oder zum Aussichtspunkt des Königsstuhls zu wandern. Am Eingang wurde mitgeteilt, dass im Nationalpark-Zentrum jeder über Kopfhörer Informationen zur »Erlebnisreise durch die Natur« mit Exponaten zum Anfassen, Hören und Ausprobieren erhielt. Wir entschieden uns, mit Carlos zu dem Aussichtspunkt und weiter durch den Buchenwald zu wandern.

Die Aussicht war wunderschön, die Wanderung durch den Buchenwald des Nationalparks Jasmund ebenfalls. Wir hatten eine kleine Karte mit, auf der ein Weg nach unten eingezeichnet war. Wir wanderten also zügig bergauf und bergab, bis wir endlich an der Treppe nach unten ankamen. Leider war diese gesperrt.

Wir überlegten kurz, über die Absperrung zu klettern, ließen dies jedoch lieber bleiben. Wir hatten oft gehört, dass sich Steine aus den Kreidefelsen lösten und an den Strand polterten. Also machten wir kurz Rast und wanderten wieder zurück. Zurück fuhren wir wieder mit dem Bus – wir waren genug gewandert.

Am nächsten Tag fuhren wir Richtung Juliusruh, parkten in dem kleinen Örtchen und liefen dort am feinen Sandstrand entlang. Hier hörte man die Straße nicht am Strand. Nachmittags ging ich zu Fuß mit den Hunden durch unsere Feriensiedlung, ein Stück an der befahrenen Hauptstraße entlang und gelangte kurz danach an den Strand von Glowe. Der acht Kilometer lange Sandstrand wird dort auch die „Schaabe" genannt. Es lagen einige Häuser zwischen dem Strand und der Straße, so dass es dort wunderschön und ruhig war – so, wie man es sich am Meer vorstellt. Die Hunde konnte ich nicht laufen lassen – es war sehr schönes Wetter und somit viele Familien mit Kindern am Strand unterwegs.

Einige Tage später wollten wir zum Kap Arkona. Dort sollte die Aussicht besonders schön sein. Direkt zu dem Kap konnte man nicht mit dem Auto fahren, sondern sollte wiederum auf einem kostenpflichtigen Parkplatz parken. Dies wollten wir nicht und kehrten somit um. Wir suchten und fanden einen Feldweg, der ebenfalls direkt zum Meer führte. Die Aussicht von der Steilküste sowie der schmale Weg, der oberhalb immer mit Blick auf das Meer entlang führte, erinnerte mich an Cornwall. Rügen ist bekannt für seine Sanddornsträucher, wovon es an dieser Steilküste sehr viele gab. Überall auf Rügen werden Produkte aus Sanddorn zum Kauf angeboten.

Carlos genoss die Aussicht genauso wie ich. Mein Mann war die Steilküsten herunter gekraxelt und lief unten am Strand entlang. Mir war das zu steil und zu anstrengend. Ich genoss lieber den Sonnenuntergang und die hereinbrechende Dämmerung von oben mit Blick über das weite Meer und auf das einsame Segelboot auf dem Wasser. Carlos nahm ich später lieber an die Leine. Er hatte sein Herrchen unten am Strand entdeckt und ich wollte nicht, dass er einfach loslief und womöglich noch die Klippen hinab stürzte.

Es ging jedoch alles gut und nach einer Woche fuhren wir erholt von Rügen nach Hause.

16. Urlaub auf Föhr und in Dänemark

Im Herbst 2011 machten wir Urlaub auf Föhr. Wir buchten einen Platz auf der Fähre für die Überfahrt samt Auto und Hunden. Wir hatten eine Doppelhaushälfte direkt am Strand gemietet und konnten das Meer von unserer Terrasse aus sehen. Leider durften wir dort nicht mit den Hunden an den schönen Sandstrand. Ein Schild wies darauf hin, dass Hunde dort verboten waren. Das war nun sehr enttäuschend. Wir fuhren also über die Insel auf der Suche nach einem Hundestrand und wurden auch fündig.

Aufgrund der vielen Menschen, die dort mit ihren Hunden zum Strand liefen, drehten wir jedoch gleich wieder um und fuhren an einen anderen Strand. Das Meer war leider nicht da – es war gerade Ebbe. Wiek auf Föhr war sehr schön und lud zum Bummeln ein. Von unserem Haus konnte man mit dem Fahrrad nach Wiek radeln und sich dort an einem Cafè direkt am Strand mit Blick auf das Meer von der kleinen Radtour erholen und für den Rückweg stärken. Es gab viele kleine schöne Teelädchen und andere kleine Geschäfte. Auch der Sandstrand war sehr schön. Mit Hunden hat uns Föhr nicht so gut gefallen, was sicher auch daran lag, dass wir keine Fans vom Watt sind, sondern lieber am Strand mit Meeresrauschen entlanglaufen. Für Freunde von Wattwanderungen ist Föhr jedoch sicher sehr schön.

Föhr war somit kein Vergleich zu Dänemark. In Dänemark hatten wir in den Jahren zuvor oft mit den Hunden Urlaub gemacht. Wir waren einige Male am Ringköbingfjord – was von Wietze aus in wenigen Stunden zu erreichen war. Über die weiten langläufigen Strände in Dänemark muss ich sicher nichts erzählen. Die Hunde konnten hier nach Herzenslust toben und frei laufen, wir konnten lange Radtouren unternehmen und in Ringköbing oder Söndervig schön shoppen.

In manchen Sommern waren wir bis nach Klitmöller gefahren. Die Fahrt war mit fast 8 Stunden sehr lang, aber es lohnte sich. Wir hatten dort ein Haus direkt am Strand gemietet und konnten beim Kochen den Kitesurfern zu schauen. Morgens konnte ich noch im Nachthemd mit den Hunden durch die Dünen laufen – wir waren dort fast allein. Die anderen Häuser hatten etwas mehr Abstand zum Meer.

Später tranken wir unseren Kaffee auf der Düne sitzend mit Blick über das Meer. Das waren herrliche Urlaube, an die wir uns immer gern erinnern werden. Später war es nicht mehr möglich, das Haus zu mieten. Wir konnten uns immer nicht sehr früh entscheiden und so war das Haus immer ausgebucht, wenn wir uns dann endlich entschieden hatten.

17. Wer ist der König?

Nachdem Carlos etwa zwei Jahre alt war, meinte er, die Meute anführen zu müssen. Hiermit hatte natürlich unser kleiner Kronprinz Barney Probleme. Keiner der beiden wollte nachgeben und somit kam, was kommen musste: Die beiden bekamen sich furchtbar in die Haare, oder besser gesagt, ins Fell.

Beim ersten Mal waren mein Mann und ich zum Glück beide zu Hause und konnten die beiden trennen. Beide wurden auf ihren Platz verwiesen und von uns nicht mehr beachtet. Wir wussten, es war noch lange nicht ausgestanden.

Eines Morgens, ich war allein zu Hause, fingen die beiden ohne Grund an, sich zu streiten. Unter Aufbringung all meiner Kräfte, schaffte ich es, die beiden zu trennen. Ich machte die Haustür auf und schaffte es, den Beagle nach draußen zu befördern und Carlos drinnen in einen anderen Raum zu sperren. Ich untersuchte die beiden. Carlos hatte kaum etwas davon getragen, der Beagle aber blutete stark. Er hatte zwei große Löcher rechts und links im Schulterblatt. Ich hielt zunächst den Gartenschlauch auf den Beagle, um das Blut abzuwaschen und stellte fest, dass beide Wunden genäht werden mussten.

Da mein Auto in der Inspektion war, rief ich meine Mitarbeiterin an, die zum Glück bereits auf dem Weg ins Büro war. Zusammen fuhren wir dann schnellstens zum Tierarzt, der den Beagle verarztete. Der Beagle traute sich danach natürlich erstmal nicht mehr ins Haus, so dass wir Carlos immer wegsperren mussten, damit der Beagle sich schnell vorbei schleichen konnte.

Wir riefen unseren früheren Trainer Peter an, der meinte, wir müssten einen der beiden Hunde am besten weggeben. Dies brachten wir nicht über das Herz, so dass wir zunächst beschlossen, beide Hunde zu kastrieren. Der Trainer meinte, dass dies sicher nicht für die Ewigkeit dafür sorgen würde, dass die beiden sich nicht mehr streiten. Er sollte Recht behalten. Die Kastration verlief ohne Probleme, trotzdem waren beide Hunde nach kurzer Zeit wieder mit aufgestellten Nackenhaaren unterwegs. Wir mussten aufpassen, wenn wir z.B. etwas aßen, beide Hunde zu unseren Füßen saßen und darauf lauerten, dass etwas herunter fiel.

Wir aßen somit fortan in der Küche und nicht mehr auf dem Sofa und sperrten einen Hund jeweils aus der Küche aus.

Eines Tages kam Murphy unbedarft ins Wohnzimmer. Ich weiß nicht mehr, aus welchem Grund es geschah, aber Carlos packte sich Murphy. Der schrie wie am Spieß. Mein Mann war allein zu Hause – ich war beim Reiten.

Er versuchte, beide Hunde zu trennen, was ihm zum Glück gelang. Er schickte mir eine SMS, dass ich schnell nach Hause kommen sollte. Ich erhielt die SMS jeoch nicht und kam erst zwei Stunden später nach Hause. Mein Mann saß mit blutendem Finger auf dem Sofa. Ich fuhr meinen Mann ins Krankenhaus in Celle, der Finger wurde genäht und mein Mann biss tapfer die Zähne zusammen. Wir passten somit noch besser auf und Carlos tat Murphy nie wieder etwas.

Eines Tages war ich in der Küche und mein Mann in seinem Büro. Es gab ein Riesentumult und Carlos hatte sich wieder den Beagle gepackt. Beide Hunde hatten sich ineinander verbissen und keiner wollte nachgeben. Mein Mann kam mit einer Wasserflasche in der Hand aus dem Obergeschoß und meinte, mit Wasser die Hunde trennen zu können. Leider ließen die Hunde nicht voneinander, jedoch verwandelte sich der Fliesenboden in eine Rutschpartie für mich.

Ich hatte Flip-Flops an und rutschte nun hin und her in dem Bemühen, den Beagle von Carlos zu trennen. Mein Mann zog an Carlos, der darauf hin den Beagle losließ. Der Beagle wollte noch einmal nach Carlos schnappen, ich packte den Beagle und er biss statt Carlos in meinen Arm. Tapfer hielt ich den Beagle trotzdem fest und schaffte es, mit ihm in der Küche zu verschwinden und die Tür zuzuschlagen. In der Küche ließ ich mich erstmal auf den Boden sinken und begutachtete meine Wunde. Auch der Beagle wurde untersucht. Er blutete genau so wie ich. Carlos hatte nichts davon getragen.

Mein Mann lud den Beagle und mich ins Auto und wir fuhren zuerst zum Tierarzt. Der Beagle wurde verarztet und wir fuhren weiter ins Krankenhaus. Nach zwei Stunden Wartezeit in der Notaufnahme wurde dann auch meine Wunde verarztet und wir konnten wieder nach Hause fahren. Die Narbe an meinem Arm erinnert uns daran, kein Essen herumliegen zu lassen und nur mit jeweils einem Hund zu essen, damit keine Eifersucht entstehen kann. Wenn wir aus dem Haus gehen, sperren wir jeweils einen Hund getrennt, damit wir sicher sind, dass die Hunde sich nicht in unserer Abwesenheit streiten.

Lekerlis werden nicht in die Meute geworfen, sondern grundsätzlich getrennt gegeben. Ebenso wie das tägliche Futter. Die Näpfe werden sofort nach dem Fressen weggeräumt, da der Beagle diese immer nach dem Fressen ausschleckt und Carlos dies mit wachsendem Unmut beobachtet. Sobald Carlos anfängt zu knurren oder die Nackenhaare aufstellt, ergreifen wir Maßnahmen, um die beiden Hunde zu trennen. Hiermit können wir gut leben und müssen keinen aus der Meute weggeben. Dies würde uns das Herz brechen.

18. Nur noch drei

Es war immer vergleichsweise schwer, ein Quartier für uns mit unseren vier Hunden zu finden. Sobald die Vermieter eines Ferienhauses hörten, das wir vier Hunde hatten, wollten sie uns meist das anvisierte Haus nicht mehr vermieten. Wir mussten daher meist viel Geld bezahlen, um ein nettes und schönes Urlaubsquartier zu finden.

So fuhren wir meistens in das Haus meiner Mutter auf Fehmarn, das sie uns netterweise zur Verfügung stellte. Meine Mutter plante, mit ihrem Mann in absehbarer Zeit dort hinzuziehen. Es war jedoch noch nicht alles zu ihrer Zufriedenheit eingerichtet und gebaut, so das der Umzugstermin noch nicht feststand. Somit hatten wir die Gelegenheit, hier noch einige Male schöne Ferien zu verbringen.

Im Januar 2012 ging es unserem kleinen Jack-Russel-Mix Murphy sehr schlecht. Wir hatten schon einige Monate beobachtet, dass er manchmal während des Laufens einfach hinten wegklappte, rappelte sich jedoch jedes Mal wieder auf. In der Nacht auf den 16.

Januar 2012 versuchte er von unten die Treppe heraufzukommen, was nicht klappte.

Er lag winselnd im Flur. Wir trugen ihn ins Wohnzimmer und legten ihn in ein Körbchen vor das Sofa. Am nächsten Morgen – es war ein Sonntag – teilte uns der angerufene Tierarzt telefonisch mit, dass wir den Hund nicht quälen sollten. Also fuhren wir mit Murphy zum Einschläfern. Wir waren sehr traurig; Murphy hatte uns über 15 Jahre unseres Lebens begleitet.

19. Rob Roy 19

Nun waren es nur noch drei Hunde. Dafür hatten wir ein neues Familienmitglied im März 2011 gekauft – ein weiteres Pferd für meinen Mann.
Rob Roy 19 war ein reinrassiger Hannoveraner und ein Traumpferd. Bis Januar 2011 war er Turniere in L-Dressur gegangen. Er war perfekt ausgebildet und ein gutes Reitpferd, vor allem

für meinen Mann, der im Sattel nicht so geübt war. Rob Roy musste jedoch zunächst an die Offenstallhaltung gewöhnt werden, da er bis dahin sein ganzes Leben in einer Box gestanden hatte. Die Vorbesitzerin war im Winter kaum rausgeritten und somit war er die große Weite einer schönen Wiese gar nicht gewöhnt. Er war Ekzemer und Stauballergiker und die Offenstallhaltung tat ihm sehr gut.

Rob Roy 19

Nach wenigen Wochen hörte er auf zu husten

und ein Jahr später patschte er mit seinen großen Hufen durch jede Pfütze und wollte von seiner Herde nicht mehr weg.

Er fühlte sich rundherum wohl und wir hatten viel Freude mit ihm und unser Stute Beauty. Beauty wurde zwischenzeitlich von Mira geritten, die ich als Reitbeteiligung angeworben hatte. Mira kümmerte sich hervorragend um beide Pferde, wenn wir im Urlaub waren und wir unternahmen viele gemeinsame schöne Ausritte mit beiden Pferden und Carlos.

20. Annies Schlafstörungen

Annie war eine sehr ruhige Hündin. Sie fiel kaum auf, schlief viel, buddelte gern Löcher im Garten und legte sich hinein. Sie war eigentlich nie krank und verzog sich oft in den oberen Bereich unseres Hauses. Als Barney und Carlos klein waren, haben sie beide Annie jeweils als Ersatzmutter angenommen. Wenn Annie irgendwo lag, kuschelten sie sich immer zwischen ihre Pfoten und Annie ließ sich alles gefallen.

Im Frühjahr 2012 hatten wir Annie bei meiner Mutter gelassen, um nur mit Barney und Carlos nach Österreich in den Skiurlaub zu fahren. Annie legte sich beim Autofahren nie hin und wir wollten ihr keine Fahrt von acht oder neun Stunden zumuten. Meine Mutter hatte nicht viel Freude mit Annie. Die ersten drei Nächte fiepte Annie in einer Tour und raubte meiner Mutter den Schlaf. In der vierten Nacht ließ meine Mutter das Licht neben Annies Körbchen an und es war endlich Ruhe.

Nachdem wir dann aus dem Urlaub zurück waren, fing Annie erneut an, nachts zu fiepen. Sie war die Ruhe selbst, solange wir alle wach waren und Licht an war. Kaum gingen wir ins Bett und ließen nur das Licht im Flur neben Annies Körbchen an, ging das Fiepen los. Wir probierten alles: Ließen überall Licht an, stellten ein Körbchen vor unser Bett im Schlafzimmer, machten die Tür zu und ließen Annie draußen. Nichts half. Also gingen wir zum Tierarzt. Dieser konnte nichts feststellen, meinte aber, es könnte daran liegen, das Annie langsam taub werden würde und damit nicht gut klar käme. Er gab uns Valium für Annie mit und wir hatten die Hoffnung, nun nachts endlich mal durchschlafen zu können. Ab und zu klappte es, dann gab es wieder viele Nächte, in denen Annie – völlig benommen von den Valiumtabletten, fast die Treppe herunter fiel und dennoch fiepte und hechelte. Es war kaum auszuhalten. Wir mussten wohl damit leben.

Annie hatten wir – wie erwähnt - aus dem Tierheim. Nachdem wir alles versucht hatten, Annie ohne Leine laufen zu lassen, hatten wir es aufgegeben. Sie ging somit nie ohne Leine aus dem Haus, da sie ansonsten ständig und lange auf Jagd nach Rehen und Hasen ging. Sobald Annie ein Reh oder einen Hasen sah, spielte sie vollkommen verrückt, zog wie irre an der Leine und wollte losrennen. Mit der Zeit bekamen wir es in den Griff. Annie blieb auf Kommando sitzen und schaute dem Reh oder Hasen ruhig hinterher. Ohne Leine wäre sie sicher jedes Mal losgerannt.

Eines Tages - ich wühlte gerade in unserer Kühltruhe in unserem Blockhaus nach Hundefutter – hörte ich Schreie. Es hörte sich entsetzlich an.

Ich rannte in den Garten. Es war bereits dunkel und ich konnte nichts erkennen und lief entsetzt in Richtung der Schreie, die plötzlich aufhörten. Etwas unter unserer großen Tanne im Garten raschelte unaufhörlich. Mein Mann hatte die Schreie ebenfalls gehört und kam mit einer Taschenlampe in den Garten gelaufen.

Gemeinsam leuchteten wir unter die Tanne und sahen Annie, die an einem Reh zog. Dieses hatte sich wohl in unseren Garten verirrt und war nun Opfer von Annie geworden. Annie ließ sich von dem Reh trennen. Ich rief bei uns auf dem Reiterhof an und bat Louisa zu kommen. Diese war als Kind eines Jägers aufgewachsen und hatte keine Scheu, das tote Reh anzufassen. Ich war erleichtert und natürlich sehr traurig über Annie, die die Gelegenheit ergriffen hatte, ein Tier zu töten. Jedoch war sie ein Hund mit starkem Jagdinstinkt und nicht mehr umzuerziehen. Zum Glück verirrte sich nie wieder ein Reh in unseren Garten. Nur Igel, die von den Hunden angebellt wurden und sich schnellstens verzogen. Die Eichhörnchen flüchteten auf die vielen Bäume und Nachbars Katze traute sich nur in den Garten, wenn kein Hund weit und breit zu sehen war.

Eines Tages hatte Annie endlich aufgehört, nachts zu fiepen und zu hecheln. Das Gehör war sicher nicht mehr das Beste, jedoch war sie nicht gänzlich taub. Wir ließen immer ein Licht neben ihrem Körbchen an und vermuteten, dass die damalige Trennung im Skiurlaub Annie einen Knacks verursacht hatte. Sie war nie allein bei meiner Mutter gewesen, sondern immer mit Barney und Murphy zusammen. Obwohl sie alles kannte und natürlich auch meine Mutter, muss ihr das trotzdem sehr zugesetzt haben, dass wir sie allein gelassen haben.

21. Ferienhaus auf Fehmarn

Am 23. Juli 2012 erfüllten wir uns einen großen Traum – wir kauften ein Ferienhaus auf der Insel Fehmarn mit Meerblick. Die Entscheidung für das Haus war schnell gefallen. Wir waren schon seit längerem auf der Suche nach einem Ferienhäuschen und wollten dabei gern in die Nähe meiner Mutter sein. Man weiß ja nie, wie lange man noch etwas voneinander hat und so entschlossen wir uns, auf Fehmarn nach einem solchen Häuschen zu suchen.

Wir hatten also ein Haus in Aussicht und, da wir nicht vom Fach sind, was Sanierungen und Renovierungen anbelangt, hatten wir eine Firma vor Ort gebeten, sich mit uns das besagte Haus anzusehen. Nun ja, lange Rede kurzer Sinn, das Haus gefiel uns nicht. Einer der Mitarbeiter der Handwerksfirma hatte ein Haus in der Familie, aus dem seine Mutter gerade ausgezogen war. Das Häuschen stand nun zum Verkauf. Wir fuhren nach Neujellingsdorf, das uns bis dahin nichts sagte. Schließlich kann man ja nicht jeden Ort auf einer Insel kennen.

Es war genau so ein Haus, das wir uns vorgestellt hatten. Links neben dem Haus hatte ein Bauer des Dorfes eine große Halle hingestellt, die jedoch zum Glück den Blick vom Wohnzimmer auf das Meer nicht verstellte.

An der Rückseite des Hauses grenzte ein schöner Garten mit Apfelbäumen und rechts neben dem Haus grenzten zwei Felder und dann kam der kleinste Flughafen Europas. Hier starten von März bis Ende Oktober kleine Motorflugzeuge mit Rundflügen über die Insel. Es war somit klar, das wir drei Seiten Natur um das Haus herum hatten und vorn grenzte das Grundstück nur einseitig an das Nachbargrundstück und die Straße. Der Kauf des Hauses klappte zu den Sommerferien, so dass wir sechs Wochen lang renovieren konnten.

Nun begann eine arbeitsreiche Zeit. Das Haus wollten wir nach unserem Geschmack renovieren und zusätzlich noch einen Kaminofen einbauen lassen.

Die Infrarotkabine war bestellt und war für den Keller vorgesehen. Auch hier musste einiges verschönert werden. Insgesamt war es dann doch viel Arbeit. Die ganzen Sommerferien sind wir zwischen beiden Häusern hin und her gefahren und haben jedes Mal das Auto voll beladen. Unglaublich, wie viele Sachen wir doppelt hatten. Somit konnten wir unser Ferienhäuschen mit unseren nicht mehr benötigten Möbeln ausstatten und mussten lediglich Betten und ein neues Sofa kaufen.

Dies konnten wir in dem eine Stunde entfernten Kiel erledigen und gleich mit einem Stadtbummel verbinden. Kiel erweckt immer alte Erinnerungen in uns. Hier haben wir vor über 20 Jahren eine schöne Zeit verbracht. Mein Mann Jens hatte hier studiert und, als wir frisch verliebt waren, bin ich fast jedes Wochenende von meinem damaligen Wohnort Hannover nach Kiel gefahren. Wir machten dort im Sommer die Strände unsicher und gingen viel an der Steilküste in Dänisch-Nienhagen spazieren. Abends ging es dann zu Acid-Musik in die Disko. Was waren das für schöne Zeiten!

Mein zukünftiger Mann ist dann irgendwann dann doch zu mir nach Hannover gezogen, so dass wir lange nicht in Kiel waren. Zuletzt haben wir Kiel während der Windjammerparade im Jahr 2009 besucht. Dies war ein schönes Erlebnis, was wir sicher in den nächsten Jahren noch einmal wiederholen werden.

Im Juli kamen uns meine Freundin Valerie mit ihrem zukünftigen Mann Steve besuchen. Sie reisten mit ihrem eigenen kleinen Flugzeug an und wir holten sie von dem Flugplatz in Neujellingsdorf ab. Wir verbrachten einen wunderschönen Tag mit Shoppen in Burg, aßen Currywurst, Pommes und Salat in dem Surferparadies in Gold in einem direkt am Strand gelegenen Bistro. Am Ende des Tages aßen wir den von Valerie mitgebrachten Kuchen in unserem Garten. Wir krochen unter unserer Hecke durch auf das daneben gelegene Feld und konnten das Flugzeug der beiden auf dem kleinen Flughafen sehen.

Zum Abschluss konnte ich mit Steve, der Berufspilot ist, einen kleinen Flug über die Insel wagen. Etwas mulmig war mir schon, jedoch hatte ich Vertrauen, da Steve ja fast jeden Tag fliegt und ich davon ausging, dass dies eine gewisse Sicherheit bietet. Es ging alles gut und in der Luft verging die Angst und der Blick war einmalig. Es war ein schönes Erlebnis, das ich nicht so schnell vergessen werde.

Auch mein Bruder mit seiner Familie schaute bei uns vorbei sowie meine Mutter und ihr Mann. Alle prüften die Fortschritte unserer Renovierungsarbeiten. Kurz vor unserer Abfahrt nach Wietze brachten wir Billy, den singenden Fisch, den wir in Cornwall auf dem Flohmarkt gekauften hatten, an. Dies war eine schöne Erinnerung und der Fisch passte gut in unser Haus am Meer.

22. Mit der Meute auf Fehmarn

Auf Fehmarn ist es am schönsten mit der Meute spazieren zu gehen oder zu radeln. Wir haben zwischenzeitlich die Erfahrung gemacht, dass es doch entspannter ist, mit jeweils nur ein oder zwei Hunden unterwegs zu sein. Also fahren wir gern morgens mit Carlos ans Meer und machen einen Strandspaziergang, sammeln hierbei auch gern Strandgut, woraus mein lieber Mann dann Strandgutlampen baut.

Am schönsten auf Fehmarn sind die vielen Naturstrände. Überall lässt es sich gut mit den Hunden laufen.

Wenn man so richtig vom Wind und Sturm am Meer durchgepustet ist, gibt es nichts Schöneres als mit einer dampfenden Tasse Tee oder Kakao vor dem Ofen zu sitzen, aufs Meer zu schauen und ....dem Beagle beim Schnarchen zuzuhören.

Mit Carlos erzielte ich im Sommer einen kleinen Erfolg beim Fahrrad fahren. Carlos war am Rad der große Zampano, was bedeutete, er bellte jeden Hund an, der ihm begegnete. Peter, unser Trainer, hatte während der Ausbildung empfohlen, Carlos an die Sattelstange kurz anzubinden, damit es mir nicht passierte, dass er sich während der Fahrt los riss.

So fuhren wir nun jeden Tag Richtung Meer. Auf dem Weg dahin konnte ich Carlos auf einem Feldweg laufen lassen. Am Meer angekommen, leinte ich ihn wieder an das Fahrrad und fuhr weiter. Jedes Mal, wenn uns jemand entgegenkam, stieg ich ab und schob mein Fahrrad. Sofern der andere einen Hund hatte, ging das Theater los. Carlos gebärdete sich wie verrückt, bellte und wollte am liebsten das Fahrrad umreißen. Wenn der andere Hund zurückbellte, hatten wir beiden Besitzer wirklichen Spaß im negativen Sinne. Es war kaum zum Aushalten.

Es nützte nichts, Carlos Lekerlis vor die Nase zu halten – er war nicht verfressen genug. Anbrüllen nützt bekanntlich sowieso nichts, da der Hund ja bereits bellt und man ja in sämtlichen Hundebüchern nachlesen kann, dass man dann eben gerade nicht brüllen soll. Man bellt sonst mit dem Hund zusammen. Also sparte ich mir das Anbrüllen und blieb einfach nur ruhig stehen, ließ den anderen vorbei gehen, stieg wieder auf das Fahrrad und fuhr weiter.

Ich gab natürlich nicht auf, da ich das Problem ja auch gelöst haben wollte. Leider konnte ich niemanden fragen, wie ich das Problem lösen konnte. Peter hatte irgendwann einfach gesagt, ich solle das Fahrrad hinwerfen. Carlos sei ja angebunden. Nun ja, das erschien mir dann doch etwas hart. So radelten wir jeden Tag ans Meer und zurück – immer mit Stress verbunden, obwohl es so ein schöner Sommer war.

Eines Tages hatten wir eine Familie mit Mutter, Vater, Kind und einem süßen Beagle vor uns. Der Beagle hatte Carlos entdeckt und wollte „Hallo“ sagen. Carlos hingegen knurrte schon von weitem. Auf meine Ermahnung reagierte er nicht. Es kam, wie es kommen musste: Irgendwann waren wir auf gleicher Höhe und Carlos legte los, zeigte sich von seiner schlechtesten Seite und gebärdete sich wie wild. Es war mir unsagbar peinlich. Ich sagte den Leuten, dass wir noch in der Erziehungsphase waren. Die Leute waren sehr nett und versuchten sich, mit mir zu unterhalten. Leider ließ Carlos dies nicht zu. Also hatte ich irgendwann keine Nerven mehr und ließ das Fahrrad einfach fallen.

Carlos erschreckte sich dermaßen, das er sofort aufhörte zu bellen, jedoch dann versuchte, das Fahrrad los zu werden, was natürlich unmöglich war, weil er ja nun an der Sattelstange angeleint war.

Eine ähnliche Situation hatte ich bereits einige Monate zuvor am Stall erlebt. Hier hatte ich ihn dummerweise an einen Plastikstuhl angebunden und war der Meinung, er würde als braver Hund liegen bleiben. Auch das ging schief und Carlos erschreckte sich so vor dem hinter ihm her fliegenden Plastikstuhl, dass er rannte und rannte und rannte. Ich rannte natürlich hinterher und bekam glücklicherweise den Stuhl zu fassen, so dass die Stuhl-Carlos-Jagd ein

Ende hatte. Ich habe ihn natürlich nie wieder an etwas Leichtes angebunden, sondern immer an einen ordentlichen Eichenpfahl, der mit dem Boden verankert war.

Aber zurück zu dem Fahrrad, das hinter Carlos her schlitterte. Es war natürlich leichter, das Fahrrad zu fassen zu bekommen, da es größer und schwerer war und nicht in der Luft hinter Carlos her flog. Carlos war vor Schreck ganz still, so dass ich den Leuten mit dem süßen Beagle einen schönen Abend wünschen konnte. Von da an war Carlos am Rad der bravste Hund überhaupt.

Einige Tage später machte ich die Probe aufs Exempel und radelte mit meiner Mutter und Carlos über den Deich nach Orth zu Kaffee und Kuchen. Es ging durch Schafherden hindurch, vorbei an Leuten mit und ohne Kindern und mit und ohne Hunden. Carlos verhielt sich vorbildlich. Kein Knurren oder irgend ein Mucks kam über seine Schnauze.

Im Kaffee angekommen, verspeisten wir ein großes Stück Apfelkuchen und tranken leckeren Milchkaffee. Es kam eine Dame mit Hund, die sich gegenüber an einen Tisch setzte. Carlos schaute sich alles genau an, gab jedoch keinen Laut von sich. Wir bezahlten und fuhren mit dem Rad durch Orth und über den Deich zurück. Es war für mich ein großes Erfolgserlebnis, das sich auch bei den nächsten Radtouren mit Carlos fortsetzte. Heute bin ich froh, dass ich das Rad hingeworfen habe.

Es war sicher nicht die richtige Erziehungsmethode und manch Hundetrainer mag den Kopf schütteln, aber ich kann nun vollkommen „beschwerdefrei“ mit Carlos Rad fahren, was bei seiner Rasse und Lauffreudigkeit im Urlaub ohne Pferd sehr wichtig ist. Zu Hause läuft Carlos anstandslos am Pferd, hört ohne Leine absolut gut – dank der guten Ausbildung – und es gibt nie Probleme, wenn uns jemand entgegen kommt.

Im Herbst wurden die Tage kürzer, die Touristen weniger und die Bäume bunter. Ende Oktober spielt das Wetter auf Fehmarn schon mal verrückt und man kann bei einem Spaziergang in der Sonne flugs von einem Schneeschauer überrascht werden. Die Sonne auf dem Rückweg trocknet jedoch schnell die Jacke und das Fell der Hunde. Einen Tag später strahlte die Sonne vom azurblauen Himmel.

Valerie und Steve kamen uns ein letztes Mal in diesem Jahr mit ihrem Flugzeug besuchen, da der Flughafen zum 31.10. schloss. Wir verbrachten einen wunderschönen Tag mit einem Stadtbummel durch Burg und einem langen Strandspaziergang mit allen Hunden. Die Infrarotkabine war zwischenzeitlich geliefert worden und wir konnten sie - nachdem wir diese im Keller aufgebaut hatten - ausprobieren. Herrlich! Draußen tobte schon den ganzen Tag ein furchtbarer Sturm, der Wind heulte um das

Haus und ich konnte in der wärmenden Kabine sitzen und schwitzen. Was gibt es Schöneres?!

23. Inselzuschlag

Gestern haben wir übergroße Paddel an unserer Hauswand außen angebracht. Diese dienen zur Zierde und sollen das Haus verschönern, was eindeutig gelungen ist. Mein Mann schnitzte in ein Brett unseren Namen und es sah aus, als wenn wir das Brett so am Strand gefunden hätten. Ich war begeistert. Wir mussten erstaunlicherweise keinen Inselaufschlag für die Lieferung der Paddel bezahlen. Egal, was man auf Fehmarn kauft oder im Internet bestellt – sofern, das, was man kaufen möchte, auch vorrätig ist – man muss in der Regel Inselzuschlag bezahlen.

Obwohl Fehmarn durch eine Brücke mit dem Festland verbunden ist, nehmen viele Lieferanten einen Inselzuschlag für Lieferungen auf die Insel. Dies war uns vor Kauf des Ferienhauses nicht bekannt! Wir brachten daher viele Dinge von zu Hause mit.

24. Herbst auf Fehmarn

Im Herbst 2012 fuhren wir in den Ferien in unser Ferienhaus. Es lagen noch einige Äpfel im Garten, die wir nicht gleich aufsammelten. Wir saßen in der Sonne und die Hunde liefen durch den Garten. Natürlich schnüffelten alle Hunde im Gras, nur der Beagle vertilgte genüsslich die Äpfel, die herumlagen, bekam bald einen kugelrunden Bauch und musste dann leider entsprechend alle zwei Stunden raus. Naja, am nächsten Tag sammelten wir dann regelmäßig die Äpfel auf.

Heute Morgen saß ich beim Frühstück. Während ich mein Brötchen aufschnitt, blieb die eine Hälfte an der anderen hängen. Ich versuchte die Hälften zu trennen und mir fiel eine Hälfte dabei aus der Hand, nahm Kurs zum Fußboden und ....fiel direkt dem Beagle ins

Maul. Mhhhh, war das ein lecker Nachtisch für den Beagle. Wie macht er das bloß, dass er immer zur richtigen Zeit am richtigen Ort das Maul aufhält, damit alles Essbare darin landen kann?

Wir wollten noch einiges am Haus verschönern. Oft standen die Türen auf, um Werkzeug und andere Dinge, die benötigt wurden, vom angrenzenden Schuppen in das Haus zu holen. Einmal nutzte der Beagle das natürlich aus und flitzte in den vorderen Garten. Wir hatten bisher nur den hinteren Teil des Gartens eingezäunt, so das der Beagle ratzfatz auf dem angrenzenden Feld stand, die Nase am Boden und schnüffelnd ansetzte, um einer Hasenspur oder einer sonstigen Tierspur zu folgen.

Glücklicherweise hatten wir gleich eine Tüte zur Hand und raschelten, so dass der Beagle unter der Hecke durchkroch, zurück in den Garten. Leider hob er nur kurz die Nase, schien diese zu rümpfen, als er feststellte, dass die Luft nicht die verheißungsvollen Lekerlis aus der raschelnden Tüte enthielt. Erneut düste er mit der Nase am Boden durch den Garten, bereit, jederzeit wieder durch die Hecke zu brechen, um auf dem angrenzenden Feld auf Jagd zu gehen.

Ich rannte ins Haus, griff in den Kühlschrank und flitzte mit einer Packung Käse wieder raus. Ich warf dem Beagle kleine Käsehäppchen zu und siehe da, die Beaglenase sagte ihm, dass es nun doch die vormals versprochenen Lekerlis geben würde. Den Rest von dem Käse hielt ich in der Hand; der Beagle konnte nicht widerstehen. Ich konnte ihn flink am Halsband fassen und ihn wieder ins Haus befördern.

Nicht auszudenken, was alles hätte passieren können, wenn der Beagle über die Felder den vielen Hasen nachjagen würde. Wir hätten ihn wohl nie wieder gesehen und er wäre – wie viele Hasen – irgendwo von einem Auto überfahren worden und hätte am Straßenrand gelegen. Wir haben noch einmal Glück gehabt und werden nun noch besser auf unseren Knuddelbeagle aufpassen.

So ist das leider, wenn man einen Beagle hat, der nicht hört, aber zum Glück dermaßen verfressen ist, dass er alles stehen und liegen lässt, nur um an Futter zu gelangen.

Leider zeigt die Beaglenase dabei allerdings auch, dass es in Abfalleimern feine Sachen gibt, und sei es nur der Behälter, in dem Papier gesammelt wird.

Hier geht der Beagle systematisch vor und holt jedes einzelne, zusammengeknüllte Papier aus dem Behälter, bis er sich dem Ziel, nämlich der geknüllten Brötchentüte vom Frühstück nähert. Hierbei ist es unerheblich, dass sich keine Brötchen mehr darin befinden. Die Beaglenase sagt ihm, dass es sich lohnt, die Tüte in klitzekleine Fetzen zu reißen, dass sich auf jeden

Fall noch Krümel darin befinden, die es gilt, gänzlichst aufzufressen.

Sehr beliebt beim Beagle sind auch leere Fischdosen oder Plastikverpackungen vom Aufschnitt. Auch hier wird bis auf den Grund der Tüte alles ausgeräumt.

Wir waren somit gezwungen, einen beaglesicheren Abfallbehälter zu kaufen. Dieser ließ sich tatsächlich nur durch einen Fußtritt öffnen und wurde über den eigentlichen Abfallbehälter gestülpt. Später berichtete uns ein Bekannter, dass sein Rhodesian Ridgeback es geschaffte hatte, genau diesen Behälter durch einen Tritt mit der Pfote auf die Taste des Abfallbehälters zu öffnen und genüsslich den Abfall heraus zu räumen. Man stelle sich dies einmal bildlich vor!

Zum Glück war der Beagle hierfür zu klein und Carlos und Annie nicht verfressen genug, um solche Anstrengungen zu unternehmen. Es geht natürlich überhaupt gar nichts darüber, tagsüber in einer ruhigen Minute oder abends auf dem Sofa mit dem Beagle zu knuddeln. Das laute Schnarchen des Beagles wirkt sehr einschläfernd – auch auf den Menschen – so dass hier abends vor dem Schlafen gehen, kein Baldriantee notwendig ist, um einen ruhigen Schlaf zu ermöglichen.

Leider ist man oft wieder hellwach, wenn man den schnarchenden Beagle wecken muss, damit er noch einmal in den Garten gehen kann. Oft kommt der Beagle dann - selbst nach minutenlangem Zähneputzen – nicht wieder herein. Man muss dann in der Tür stehen und den Beagle entweder rufen, oder sich wartend auf einen Sessel setzen, bis sich der Beagle durch ein lautes „Wow“ vor der Tür bemerkbar macht.

Es ist nicht bekannt, was der Beagle um diese nächtliche Uhrzeit - insbesondere auch im Winter - im dunklen Garten erschnüffelt, aber, es muss sich anscheinend lohnen, dort auch gern in der Kälte noch etwas länger auszuharren. Es wird vermutet, dass der Beagle sämtliche Stellen, an denen er Knochen oder Ähnliches vergraben hat, abläuft, um zu prüfen, ob die Futtervorräte noch alle an Ort und Stelle sind und niemand sie entwendet hat.

Früher nahmen wir unser Abendessen, sofern es alles auf einen Teller passte und mit nur einer Gabel oder Löffel zu essen war, gern auf dem Sofa ein. Nachdem Carlos und Barney sich jedoch um das Essen stritten, hatten die beiden uns somit erzogen, vernünftig am Esstisch unsere Mahlzeiten einzunehmen. Das ist ja für gewöhnlich auch viel gesünder.

Nach den Mahlzeiten ist es sehr wichtig, darauf zu achten, den Tisch abzuräumen, und zwar mit allem Essbaren, was vorher auf dem Tisch stand. Natürlich einschließlich der leer gegessenen Teller oder der Tasse für den Kaffee nach dem Essen.

Ansonsten bedient sich der Beagle hier gern, in dem er die Vorderpfötchen auf die Tischkante legt und sich das heranzieht, was am nächsten steht. So wie heute Abend, als der Ziegenfrischkäse auf dem Tisch stand, Herrchen sich nur kurz umdrehte, um die Gambas zu greifen und beim Zurückdrehen kein Ziegenfrischkäse mehr auf dem Tisch stand.

Der Beagle wurde natürlich sofort ausgeschimpft und flog postwendend aus der Küche – was jedoch leider den bereits halb angeschleckten Ziegenfrischkäse nicht zurückbrachte. Die Gambas wanderten somit ohne Käse und ohne gegessen zu werden wieder in den Kühlschrank zurück. Naja, so bleibt man schlank!

Zu Hause hatte uns eine Bekannte geraten, den Beagle anzuleinen. Es lag daher eine schöne Leine in der Küche, an die der Beagle immer angeleint wurde, wenn wir uns in der Küche aufhielten. Somit war er dabei, konnte aber nicht auf Tische und Bänke hüpfen, um noch etwas Essbares zu stibitzen. Erst nachdem die Küche aufgeräumt war, wurde der Beagle abgeleint. Leider dachten wir nicht ständig daran, so dass des Öfteren noch etwas gemopst wurde, was nicht für den Beagle bestimmt war. Dies funktionierte selbstverständlich auch, wenn wir draußen grillten oder Gäste hatten. Sofern der Beagle nicht dabei sein konnte, saß er vor der Tür und machte alle fünf Sekunden „Wow". Man kann sich vorstellen, wie dann alle genervt waren und irgendwann dann doch die Tür aufmachten.

Gerade heute Morgen hatten wir an alles gedacht, den Beagle angeleint, erst wieder abgeleint, nachdem der Tisch abgeräumt war und uns mit einem Buch auf das Sofa gesetz um den Sonntagmorgen zu genießen.

Plötzlich konnte man in der Küche Geräusche hören. Ich sprang auf und rannte in die Küche. Der Beagle hatte sich einen Becher mit Zuckerrübensirup, der auf einer Anrichte stand, geschickt auf den Boden manövriert und schleckte nun genüsslich den Becher aus. Man achtet eben doch nicht auf alles.

Es ist uns überhaupt unerklärlich, wie der Beagle es schafft, Gläser, die für den Glascontainer bestimmt sind, aus der dafür vorgesehenen Tüte zu stibitzen, damit in den Garten oder in einen anderen Raum zu flitzen, den Deckel mit den Zähnen abzuschrauben, um dann genüsslich den Restinhalt des Glases auszuschlecken. Dies macht er mit Nutellagläsern (gut, hier ist der Deckel aus Plastik und einfach mit den Zähnen abzudrehen, wenn man das Glas zwischen den Pfötchen hält), aber auch mit Spagetthisoßengläser (und dies ist schon weitaus schwieriger, da die Deckel schmal sind und nicht aus Plastik).

Der Beagle hat es - glaube ich – gern schwierig beim Öffnen von Behältnissen und Aussicht auf Beute, sonst wird es ja auch langweilig.

Gestern Morgen kamen die Handwerker, um einen Wasserschaden in unserem Ferienhaus und die Ausmaße zu begutachten. Der Beagle war kurze Zeit allein in der Küche. Ganz schlecht! Ich sprach gerade mit einem der Handwerker, als es aus der Küche schepperte. Ich entschuldigte mich bei dem Handwerker und eilte in die Küche.

Der Beagle hatte den Abfalleimer umgeworfen und hatte sich einen kleinen Plastikbecher mit Henkel geschnappt und leckte diesen genüsslich aus. Nach kurzem Kampf - ich zog am Becher - der Beagle am Henkel - hatte ich den Becher in der Hand und der Beagle den Henkel im Maul. Ich entfernte den Henkel, sammelte den Abfall ein und nahm den Eimer mit nach draußen.

Fünf Minuten später knallte es aus der Küche. Der Beagle wollte offenbar nicht, dass ich mich mit dem Handwerker unterhielt. Er hatte es - wie auch immer - geschafft, den Topf mit dem Kartoffelpüree vom Herd zu ziehen und genehmigte sich so ein zweites Frühstück.

Nachdem dann auch der Topf samt Beagle aus der Küche entfernt waren, konnte das Gespräch mit dem Handwerker fortgesetzt werden. Zwei Tage später fuhren wir nach Hause. Die Herbstferien waren leider zu Ende.

25. Weiße Weihnachten 2012

Weihnachten 2012 fuhren wir wieder nach Fehmarn. Am 21.12. glücklich nach 2,5 Stunden Fahrt angekommen, fing es in der Nacht an zu schneien. Weiße Weihnachten - was gibt es Schöneres. Es schneite den ganzen Tag, so dass wir wie verrückt Schnee schieben mussten.

Wir besuchten kurz meine Mutter und schoben dort ebenfalls Schnee und machten dann einen schönen Spaziergang mit den Hunden. Der Wind war eisig und wir wärmten uns danach mit einem Tee vor dem Kaminfeuer. Einen Weihnachtsbaum kauften wir nicht, dafür leuchtete Girlanden und jede Menge Lichterketten. Heilig Abend wurde der Beagle festgebunden, so dass er nicht das Essen vom Tisch mopsen konnte und wir verbrachten einen gemütlichen Abend mit meiner Mutter und ihrem Mann.

Am nächsten Tag versuchte der Beagle den Mülleimer in einer unbeobachteten Minute zu leeren, machte dabei jedoch dermaßen viel Krach, da er den Deckel nicht sofort abbekam, dass wir den Müll rechtzeitig vor dem Verteilen in der Küche retten konnten. Frustriert hielt der Beagle samt übriger Meute danach ein Schläfchen.

In den nächsten Tagen renovierten wir die Gästeküche, die nun nach dem Wasserschaden trocken und von einem Maler tapeziert worden war. Mein Mann brannte auf Teile einer alten Palette eine Surfer-Schildkröte und wir hängten alles als Deko an die Wand, setzten Steckdosen, verlegten Kabel, brachten schöne Lampen an und Geschirr in die Schränke, so dass einer Vermietung der kleinen Gästewohnung nun nichts mehr im Wege stand. Zwischendurch fuhren wir immer wieder zum Baumarkt (hier waren wir zwischenzeitlich Stammkunden) und gingen bummeln, oder an den Strand.

Nachdem am 25.12. der Schnee geschmolzen war, wurde es jeden Tag milder, so dass wir am 31.12. Temperaturen von 10 Grad und Sturm hatten. Mit dem Fernglas konnten wir vom Sofa aus den Surfern und Keitern auf dem stürmischen Meer zuschauen, ohne selbst vom Wind weggeweht zu werden.

Silvester 2012 verbrachten wir sehr ruhig. Am Nachmittag machte ich noch einen langen Spaziergang mit meiner Mutter und allen Hunden. Es stürmte und der Sturm trieb die Wolken am Himmel rasch vor sich her. Ab und an war ein Sonnenstrahl zu sehen und zum Glück war kein Tropfen Regen in Sicht.

Es war viel passiert und für uns alle hatte sich einiges geändert. Meine Mutter war nach Fehmarn gezogen und mein Mann und ich hatten unser Ferienhaus auf Fehmarn gekauft und renoviert. Das Harleyfahren hatten wir daher in diesem Jahr sehr vernachlässigt. Unser Murphy war im Januar gestorben, Annie war nun taub und streifte zwischenzeitlich mit den Pfoten beim Laufen auf dem Boden. Der Beagle stibitzte alles, was nicht niet- und nagelfest war und Carlos rannte, was das Zeug hielt.

Nur abends, wenn alle Hunde vor dem Kamin verteilt lagen, kehrte unendliche Ruhe und Entspannung ein. So hatte jeder in diesem Jahr seine Erlebnisse und wir hofften auf ein gutes und gesundes Jahr 2013. In der Silvesternacht konnten wir von unserem großen Fenster im Wohnzimmer das Feuerwerk im Dorf sowie alle an der gegenüberliegenden Küste in Heiligenhafen veranstalteten Feuerwerke anschauen. Es regnete und so waren wir froh, vor dem Feuer zu sitzen und nicht raus zu müssen.

Annie hatte bis 23.30 Uhr ruhig in ihrem Körbchen geschlafen, war dann aufgewacht und hechelte ununterbrochen. Sie hatte, seit wir sie aus dem Tierheim geholt hatten, jedes Jahr zu Silvester eine panische Angst vor den Knallgeräuschen. Im vergangenen Jahr hatten wir ihr daher Valiumtabletten verabreicht, was überhaupt nichts geholfen hatte.

So lagen wir im Bett und hatten als nächtliche Begleitmusik nicht nur die letzten Knaller, die noch gezündet wurden, sondern auch eine hechelnde und zitternde Anniemaus direkt neben dem Bett. Meistens saß sie, doch selbst im Liegen zitterte sie und hechelte und tropfte somit den Fußboden voll. Na, prima.

Der Hund konnte ja nichts dafür. Gegen morgen waren wir alle eingeschlafen - auch Annie. Schön, dass nun endlich Ruhe war. Am nächsten Tag putzen wir das Haus, ich machte noch ein letztes Mal mit allen Hunden und meiner Mutter einen Spaziergang und wir fuhren zurück in die Südheide. Hier freute ich mich bereits sehr auf unsere beiden Pferde.

Wieder zu Hause angekommen, unternahmen wir die verbliebene Ferienwoche wunderschöne Ausritte mit unseren großen Vierbeinern und Carlos.

26. Kastration – ja oder nein

Neulich hatten wir auf dem Reiterhof die Diskussion über Kastration eines Rüden ja oder nein. Hintergrund war der Hund einer Hofbesucherin, die aus dem Nachbarort Stedden kam und den Hofladen besuchte, um dort einzukaufen. Der zweijährige Hund war allen Reitern und Hunden bekannt, da wir ihm schon des Öfteren im Gelände begegnet waren. Der Hund hörte offensichtlich nicht gut und die Besitzerin bestätigte, dass er ab und zu weg lief, wenn sie mit ihm spazieren war. Die Chefin von unserem Reiterhof berichtete von ihrem früheren Deutsch-Drathaar-Rüden. Dieser war immer wieder in jungen Jahren vom Hof weg gelaufen und hatte die Hündinnen der Nachbarorte Boye und Stedden besucht. Nach einem Besuch bei einer Labradorhündin war der Hund auf dem Weg zum Gut angefahren worden.

Er humpelte danach und versuchte fortan in jedes Auto zu beißen, das auf den Hof gefahren kam. Er ging daher als „Der Autobeißer“ in die Hofgeschichte ein. Nach seinem letzten „Ausflug“ wurde der Rüde kastriert und lief nie wieder weg. Ich berichtete der Hundebesitzerin von dem Beagle, der von dem Zug überfahren wurde, weil er auch immer weglief. Sie wolle doch sicher nicht, dass ihr Hund eines Tages nicht mehr nach Hause kommt, weil er von einem Auto überfahren wurde. Sie hatte Sorge, dass sich ihr Hund im Wesen verändern würde. Ich berichtete, dass sich keiner unserer Hunde durch die Kastration geändert hätte. Die Hundebesitzerin hörte sich das alles an, war jedoch nicht überzeugt. Sie wollte nicht, dass ihr Hund in „Gefangenschaft" an der Leine gehen muss. Ich empfahl ihr, mit dem Hund doch zunächst einmal an der Schleppleine zu arbeiten oder spazieren zu gehen.

27. Beautys Sturz

Heute, am 16. Februar 2013 ist es ein trüber nebeliger Februartag. Ich sitze mit einem Krimi und Kakao vor dem Ofen und genieße die freie Zeit. Die Hunde liegen um mich herum und es riecht lecker nach dem Apfelkuchen, der im

Ofen backt. Plötzlich klingelt das Telefon. Es ist Mira. Sie ist vollkommen aufgelöst und ich verstehe nur: „Gestürzt und sofort den Tierarzt rufen". Nachdem sie sich etwas beruhigt hat, berichtet sie, dass Sie sich ja heute – wie versprochen - um unsere beiden Pferde gekümmert hat. Sie war mit Rob Roy auf dem Platz und er ist wunderschön entspannt gegangen. Danach hat sie Beauty gesattelt und nach zehn Minuten im Schritt auf dem Platz sei Beauty mit ihr zusammengestürzt.

Sie ist einfach mit Mira im Sattel auf die Seite gefallen. Danach hat sich Beauty sofort wieder aufgerappelt. Mira dachte zunächst, sie hat wieder Kreislaufprobleme, hat den Sattel abgemacht und mich angerufen, ich solle den Tierarzt rufen. Ich habe ihr zunächst empfohlen, einmal mit dem Pferd vom Platz zum Stall zu gehen und Kühlgel auf die betroffene Schulter des Pferdes zu verreiben. Danach hat sie das Pferd wieder zu der Herde gestellt.

Im Ergebnis haben wir Beauty drei Tage stehen lassen und die Schulter mit Kühlgel eingerieben. Sie fing dann schon an, sich zu langweilen und wollte immer mit hinaus, wenn jemand sein Pferd aus der Herde geholt hat. Also bin ich am vierten Tag wieder mit ihr vorsichtig ins Gelände geritten und alles war gut. Sie hatte sich wohl erschreckt und war deswegen gestürzt, obwohl das schon ein großer Zufall sein musste, dass ein Pferd sich so dumm vertritt, dass es stürzt. Mira und Beauty hatten sich Prellungen an Schulter und Bein zugezogen und beiden ging es eine Woche später wieder gut. Was für ein Glück.

28. Annie und die Hechel-Nächte

Ende Februar 2013 fing Annie erneut an, nachts zu hecheln. Jedes Mal, wenn der Fernseher abends ausging und wir ins Bett gingen, kam Annie fünf Minuten später die Treppe hoch, stand erst kurz im Flur und folgte uns dann ins Schlafzimmer. Dort stellte sie sich in den Raum und fing langsam an zu hecheln. Es half nichts. Ich legte ihr eine Decke vor das Bett, sie legte sich darauf und hechelte weiter. Ich kraule sie im Halbschlaf. Sie hechelte weiter. Wir verwiesen sie in ihr Körbchen im Flur vor der Schlafzimmertür und machten die Tür zu. Sie kratzte fünf Minuten später an der Tür und fing an zu fiepen.

Wir verwiesen sie aus der Haustür und lagen wach – immer wartend, dass sie vor der Tür steht und bellt. Schließlich war es zwischenzeitlich nach Mitternacht und wir wollten die Nachbarn nicht in ihrer Nachtruhe stören. Es reichte ja, wenn wir durch das Haus liefen. Annie rührte sich nicht. Also ging mein Mann mit einer Taschenlampe in den Garten, um sie zu suchen. Sie stand hechelnd und zitternd vor dem Tor und wollte nur noch weg. Also holten wir sie wieder ins Haus. Dort hechelte sie vor der Schlafzimmertür weiter, bis wir irgendwann total übernächtigt einschliefen.

In der nächsten Nacht war es wieder dasselbe. Der Fernseher ging aus – Annie fing an zu hecheln. Mein Mann sollte am nächsten Tag um 6.30 Uhr das Haus für einen langen Unterrichtstag bis 21.00 Uhr verlassen. Also zog ich mit Annie auf das Sofa im Wohnzimmer. Auch dort stand sie mitten im Raum und hechelte. Ich holte sie auf das Sofa – das ganze Sofa wackelte vom Hecheln des Hundes. Also verwies ich sie auf ihre Decke im Wohnzimmer. Dort hechelte sie weiter, bis wir beide irgendwann einschliefen. In der nächsten Nacht wiederholte sich das Ganze. Dies war ja nun wirklich kein Zustand.

Ich surfte durch das Internet und wurde nicht fündig. Viele Menschen hatten dasselbe Problem mit ihren älter werdenden Hunden. Einige schrieben, dass Bewegung vielleicht helfen würde. Ich war kurz davor, Annie auf das Laufband zu stellen. Dies hatten wir bei dem amerikanischen Hundetrainer Cesar Milan im Fernsehen gesehen. Mit dem Rad durch den

Wald zu fahren ging aufgrund der Witterungsverhältnisse leider nicht. Es war immer noch glatt und verschneit auf den Wegen. Ich musste am folgenden Tag 100 Kilometer fahren, also ging ich mit Annie zum Tierarzt. Ich schilderte das Problem und teilte dem Arzt mit, das Valium keine Wirkung zeigte. Es machte Annie zwar „torkelig“, aber sie hechelte weiter. Also verschrieb der Arzt Phelagolin 50 mg und teilte mit, dass wir nun ausprobieren müssten, welche Medikamente helfen würden. Der Tierarzt teilte uns mit, das Phelagolin ein Medikament für Hunde mit epileptischen Anfällen ist und durchgehend gegeben werden muss. Wir verabreichten Annie eine ganze Tablette eine halbe Stunde vor dem Schlafen gehen und alle Hunde und Menschen hatten eine wunderbare ruhige Nacht.

Herrlich, endlich schlafen zu können. Am übernächsten Tag gaben wir Annie nur noch eine halbe Tablette – auch diese wirkte gut. Einige Tage später bekam sie dann nur noch jeweils abends eine viertel Tablette. Dies war für dann für zukünftig ruhige Nächte ausreichend.

Am 1. März 2013 wurde es richtig warm. Die Sonne lachte, ich putzte die Pferde im T-Shirt und genoss die warme Märzsonne im Rücken. Am nächsten Tag putzte mein Mann die Harley und wir machten unsere erste Fahrt zu Bekannten. Auch dieser hatte tagsüber mit einer kleinen Fahrt geliebäugelt – dies jedoch wieder verworfen und statt dessen zunächst die Fahrräder geputzt.

Wir blubberten wieder nach Hause – die kurze Fahrt hatte gereicht. Es war dann doch noch ein sehr kalter Wind auf dem Motorrad, aber es hatte uns einen kurzen Vorgeschmack auf den kommenden Frühling geboten. Leider hielt das schöne Wetter nur drei Tage, dann wurde es wieder bitter kalt.

29. Endlich Urlaub

Einige Tage später fuhren wir nach Fehmarn. Annie bekam in der ersten Nacht noch einmal eine viertel Tablette, danach keine mehr. Sie schlief jede Nacht durch. Ob es an der guten Seeluft lag? Wir wissen es nicht – waren jedoch glücklich, dass alle schlafen konnten und wir einen sehr entspannten Urlaub hatten.

Fehmarn begrüßte uns am 14. März 2013 mit sehr viel Schnee. Es schneite fast durchgehend bis zum 21. März 2013 – dann kam die Sonne und wir konnten endlich unseren neu erworbenen Grill ausprobieren. Fehmarn verwandelte sich in eine wunderschöne glitzernde Winterlandschaft. Meine Mutter sandte zur selben Zeit Bilder aus Österreich vom Skilaufen. Ich sandte Bilder vom verschneiten Fehmarn zurück. Es war kein Unterschied, außer den Bergen und das Meer auf den Bildern.

Wir bekamen vor lauter Schnee die Terrassentür nicht mehr auf und mussten diese freischaufeln, um in den Garten zu gelangen. Viele Autos landeten im Graben, da die Straßen teilweise nicht oder nur wenig geräumt waren – der Streudienst kam gegen die Schneemassen kaum an. So etwas hatten wir bisher nicht erlebt. Wir deckten uns mit Kerzen und Lebensmitteln ein – was jedoch zum Glück dann doch unnötig war. Am 22. März 2013 kämpfte ich mich mit Annie und Carlos von Neujellingsdorf auf einem Feldweg bis nach Lemkenhafen zum Meer durch. Ich versank teilweise bis über die Knie im Schnee, auch Annie kämpfte sich tapfer hindurch.

Nur Carlos sauste über die wie mit Puderzucker überzogenen Felder und hatte einen Riesenspaß. Der Ausblick über die Felder ließ uns immer wieder anhalten, die Aussicht zu genießen – einfach herrlich! Diese Weite, die Sonne, der glitzernde Schnee und am Ende das Meer. Erholung für die Seele - für Mensch und Tier.

Auf dem Rückweg bewölkte sich der Himmel und es pfiff ein kalter Wind über den Feldweg. Wir waren warm eingemummelt – Carlos mit seinem Mantel und ich. Annie standen die Ohren von dem Wind in die Höhe und sie sah sehr zufrieden aus. So wie ein Hund eben aussieht, wenn er im Schnee stöbern kann. Wir konnten einige Rehe beobachten, die sich dieser Tage vielzählig zusammen mit vielen Kaninchen auf den weiten schneebedeckten Feldern tummelten. Es war einfach putzig anzusehen, wie die Kaninchen hoppelten, immer wieder anhielten, sich auf die Hinterläufe setzten, überlegten und dann weiter hoppelten.

An einem anderen Tag fuhren wir mit Beagle Barney nach Gold. Auf dem Weg nach Gold konnten wir etwa 20 Schwäne beobachten, die sich auf einem großen Feld zusammen mit ihren grauen Jungen ausruhten. Die Küste von Gold war mit viel Schnee bedeckt, es war kein Surfer weit und breit und alles war ruhig. Die Sonne glitzerte im Meer. Wir nahmen den Küstenweg und kamen leider nicht sehr weit.

Wir versanken auch dort bis über die Knie im Tiefschnee, das Laufen war fast unmöglich. Barney sank ebenfalls ein, teilweise trug ihn der Schnee besser als uns. Wir genossen die herrliche Aussicht über die schneebedeckten Klippen und das glitzernde Meer. Was für ein Bild – was für eine fantastische Natur!

Abends prasselte das Kaminfeuer und wir tranken unseren leckeren Fehmarntee. Endlich Zeit zum Lesen, Hunde kuscheln und Ausruhen.

Ich stellte mein Buch „Fehmarn mit Hund„ fertig. Es fehlten nun nur noch einige Bilder, dafür musste nur noch die Sonne herausschauen. In dem Buch wollte ich anderen

Hundebesitzern unsere schönen Strände von Fehmarn vorstellen und Tipps geben, an welchen Strand man z.B. im Sommer gehen konnte und welche Strände man mit Hund lieber meiden sollte. Einige von uns als hundefreundlich empfundene Lokalitäten waren ebenfalls in dem Buch aufgeführt. Abends kreierte ich meine neue Internetseite www.fehmarn-mit-hund.com und war stolz, die Seite ganz allein gestaltet zu haben.

30. Opa Hansi

Wieder zu Hause fuhr ich zu unserem Reiterhof Gut Holtau. Als Erstes wurde das alte Pony Hansi begrüßt, das auf dem Hof frei herum lief. Hansi wurde in den letzten Jahren nur noch von allen auf dem Hof „Opa" gerufen.

Im Winter war Opa auf einer großen Eispfütze auf dem Hof ausgerutscht, kam nicht wieder hoch und musste mit dem Trecker in unsere Reithalle gezogen werden. Nach zwei Tagen

Rotlicht und strenge Hallenverordnung war Opa wieder fit. Alle freuten sich. Es war noch einmal gut gegangen. Opa lief also wieder frei auf dem Hof herum und besuchte den ganzen Tag alle Pferde auf dem Hof.

Er stand oft in der Sonne nahe der anderen Pferde und schlief im Stehen. Schließlich war Opa ja nun fast 41 Jahre alt. Alle auf dem Hof, vor allem die, die bereits länger dort waren, hingen ebenso wie die Besitzer an Opa Hansi und jeder hatte seine eigenen Erinnerungen. Als mein Patenkind Laura acht oder neun Jahre alt war, unternahmen wir mit Hansi und Beauty einen Ausritt. Wir kamen auf das große Feld in Stedden und Hansi gab Gas.

Er galoppierte fröhlich querfeldein und mir blieb vor Schreck fast das Herz stehen. Laura rief: “Wie kann ich Hansi anhalten“? Ich rief zurück, sie soll Kreise mit ihm reiten. Hansi war ein Sturkopf und rannte weiter gerade aus.

Laura versuchte immer wieder, ihn in einen Kreis zu ziehen, was ihr kurz vor Ende des Feldes auch endlich gelang. Endlich bekam sie Hansi zum Stehen. Wir gingen dann erst einmal ein Stück zu Fuß und erholten uns von der Aufregung. Später stiegen wir dann wieder auf die Pferde und kamen auch glücklich auf dem Hof an.

Ein anderes Mal ritten wir mit etwa fünf Kindern aus. Alle ritten fröhlich schnatternd hintereinander her, Hansi mit seiner Reiterin in der Mitte. Plötzlich warf sich Hansi nach links, galoppierte in den Wald hinein und alle blieben starr vor Schreck stehen.

Wir schauten alle nach links und warteten, dass Hansi samt Reiterin wieder auftauchte. Nach einigen Minuten rief die Reiterin von einem kleinen Hügel von oben zu uns herab:“ Alles in Ordnung! Wir sind hier oben“ und kam den Hügel herunter. Alle mussten lachen und wir konnten unseren Weg wieder fortsetzen.

Den Rest des Ausrittes benahm Hansi sich vorbildlich.

Ich kann mich noch gut erinnern, dass Opa Hansi öfter allein in den Nachbarort nach Boye marschiert ist und dort unter einer Laterne wartete. Zum Glück kannten einige Leute in Boye das Pony und riefen auf Gut Holtau an, dass jemand Opa abholen kommt.

Opa war immer da! Kamen die Pferde im Sommer auf die Weide, lief Opa mit. Holte jemand sein Pferd von der Weide zum Reiten auf den Hof, begleitete er uns zurück und wartete geduldig, bis das Pferd gesattel war und vom Hof ritt. Manchmal kam Opa Hansi auch mit, begleitete uns ein Stück des Weges bis zum Holtauer Weg, bog dann wieder nach rechts ab und lief nach Hause.

Wenn die Kinder aus der Schule kamen, stand Opa da und wartete auf seinen Apfel oder Möhre. Bekam er sie nicht gleich, stand er auch manchmal einfach im Flur des Wohnhauses und ging erst, wenn er seinen Apfel bekommen hatte.Opa Hansi ist zwischenzeitlich gestorben. Er war ein tolles Pony!

31. Mantrailing

Heute habe ich einen ganzen Tag nur den Hunden gewidmet. Mit Carlos hatte ich bereits vor einigen Jahren an einer Mantrailing-Gruppe teilgenommen. In dieser Gruppe wurde hauptsächlich in der Stadt getrailt. Heute Morgen ging ich mit Carlos zu einer privat organisierten Hundegruppe. Die Gruppe wurde von einem Paar geleitet, das früher lange Jahre in einer Rettungshundestaffel tätig war. Wir waren heute Morgen sieben Hunde und ihre Besitzer und es wurde ausschließlich im Wald getrailt und Fährten gesucht.

Es waren bereits zwei Fährten gelegt, als wir ankamen. Die Hunde suchten die Fährten nacheinander ab. Da ich mit Carlos oft Fährten legte und suchte, war er natürlich sehr geübt und verfolgte die Fährten mit der Nase am Boden ohne Probleme. Danach erfolgte eine „Opferbindung“ und ein vermeintliches „Opfer“ versteckte sich. Es sollte nun dieses „Opfer“ von dem jeweiligen Hund gesucht werden.

Carlos machte alles prima mit, immer die Nase am Boden und selten in der Luft verfolgte er die Spuren der „Opfer“, fand diese und wurde sehr gelobt und belohnt. Ich war sehr stolz auf ihn. Auch mit allen anderen Hunden verstand sich Carlos sehr gut.

Nach fast drei Stunden Nasenarbeit gingen wir mit Carlos und vier weiteren Mädels ausreiten. Wir ritten über die Bundesstraße hinüber, die nach Celle führt, Richtung Klein Hehlen und galoppierten mit den fünf Pferden über ein großes Feld. Was für ein Spaß! Der 7. April 2013 zeigte sich von seiner schönsten Seite – strahlendem Sonnenschein und blauem Himmel.

Für einen Hund ist es sehr anstrengend mit mehreren Pferden auszureiten. Er muss immer darauf achten, wo er geht und wo er sich zum Beispiel im Galopp über ein Feld platziert. Meistens ritt ich vorn und Carlos war an meiner Seite, so dass es keine Probleme gab. Auch die anderen Reiterinnen achteten auf Carlos, falls seine Nase ihn zum Anhalten „verführte". Sie riefen dann laut „Carlos, geh voran" und Carlos rannte weiter.

Nach diesem wunderschönen Ausritt musste Carlos dann erst einmal ausruhen. Ich setzte mich mit Annie auf das Fahrrad und legte für den Beagle im Wald eine Fährte mit frischem Pansen. Dann radelte ich nach Hause, holte den Beagle und los ging es in den Wald.

Barney flitzte so schnell es die kurzen Beagle-beine zuließen. Es gab kein Halten mehr. Ich „flog" mit dem Fahrrad hinterher. Barney fand die komplette Spur und wurde am Ende mit einem kleinen Topf Pansen ausgiebig belohnt.

Abends lagen wir dann alle schnarchend auf dem Sofa. Es war ein wunderschöner Sonntag.

In den kommenden Monaten vertieften wir fast jede Woche das Mantrailing und die Fährtensuche in verschiedenen Varianten. Später nahm ich auch Barney mit dazu. Beide Hunde sind nun sehr erfahrene Mantrailing- und Fährtenhunde.

32. Das Leben ist schön

Vor einiger Zeit hatte ich eine Schublade in der Küche nicht richtig geschlossen. Der Beagle war allein in der Küche und ich ging den Staubsauger holen, um einmal kurz durchzusaugen. Im Flur dachte ich dann, wie ruhig es wäre, denn normalerweise flitzte mir der Beagle hinterher, wenn ich aus der Küche ging. Ich stellte den Staubsauger ab und blinzelte vorsichtig um die Ecke in die Küche. Der Beagle hatte die Schublade ganz geöffnet und war nun gerade dabei, Seetangblätter, die mein Mann für Sushi verwendete, aus der Schublade zu ziehen. In Windeseile hatte er die Packung zwischen die Pfötchen genommen und mit den Zähnen geöffnet, um an den leckeren Inhalt zu gelangen.

Natürlich konnte ich dies noch gerade verhindern. Die Seetangblätter verwendete ich dann später im Mixer mit dem Gemüse zusammen für das abendliche Mahl der Hunde. Es konnten sich abends dann alle Hunde darüber freuen.

Heute kam mein Mann von der Arbeit, stellte seinen Aktenkoffer im Flur ab und wir unterhielten uns kurz. Während dessen knisterte es zu unseren Füßen. Wir schauten irritiert nach unten und sahen Beagle Barney, der komplett mit seinem Kopf in dem Aktenkoffer verschwunden war. Mein Mann zog am Koffer und ich an dem Beagle. Der Beagle tauchte mit einem kleinen, mit Butterbrotpapier umwickelten Paket aus dem Aktenkoffer wieder auf.

Plötzlich fiel meinem Mann ein, dass er eines seiner Brote nicht gegessen hatte. Erfolgreich konnte ich Barney das kleine Paket entwenden. Natürlich war es nun sehr zerknautscht. Ich brachte Barney in die Küche, damit wir uns weiter unterhalten konnten. Nach wenigen Minuten kam es mir seltsam vor, dass es in der Küche so ruhig war. Normalerweise würde der Beagle doch lautstark protestieren, damit er den Aktenkoffer noch einmal nach etwas Essbarem untersuchen konnte.

Ich öffnete die Küchentür und sah das Malheur. Überall lagen Zettel, Kugelschreiber, Lippenstift und was sich sonst noch alles in einer Handtasche befindet, auf dem Boden verteilt. Beagle Barney hatte meine Handtasche, die ich auf einem Stuhl abgestellt hatte, auf den Boden gezogen und alles ausgeräumt.
Genüsslich hielt er eine Kaugummipackung zwischen den Pfötchen und zerpflückte das Papier und die Kaugummis. Die Hälfte war bereits im Beaglemagen verschwunden. Ich

entwendete ihm den Rest, packte alles wieder in die Handtasche und fuhr zur Erholung mit den anderen beiden Hunden erst einmal zu den Pferden. Beim Reiten bekommt man einen wunderbaren klaren Kopf und kann sich mental auf den nächsten Beagleblödsinn vorbereiten.

So hat man jeden Tag etwas zu lachen und kleine Freuden verschönern ja bekanntlich den Alltag. Am schönsten ist es mit der Meute zusammen vor dem brennenden Ofen zu sitzen, eine schöne Tasse Tee zu trinken und ein Buch zu lesen. Entweder liegen alle Hunde nach einem langen Spaziergang oder auch Ausritt wie die Heringe vor dem Ofen oder schnarchen auf verschiedenen Sesseln und in ihren Körbchen, wobei der Beagle laut schnarcht, Carlos ab und an mal seufzt und Annie im Schlaf gern und oft mit den Pfoten zuckt, so dass man immer denkt, sie träumt gerade davon, einen Hasen zu jagen und rennt im Traum hinter dem Hasen her.

Ich bin dankbar, für die Möglichkeit in meinem Leben, Hunde haben zu dürfen und halten zu können. Es gibt - so finde ich - nichts Schöneres und Beruhigendes, als nach getaner Arbeit - oder auch zwischendurch - einen Hund zu kraulen und mit ihm zu kuscheln, mit den Hunden im Garten zu spielen oder zusammen mit einem Hund die Natur zu genießen - sei es zu Fuß, per Fahrrad oder per Pferd.

Das Leben ist schön!

33. Annie und Marie

Im Sommer 2014 zog Marie, eine Magyar-Vizsla-Hündin bei uns ein. Wie es dazu kam, lesen Sie in meinem Buch »Marie - Ein Magyar-Vizsla aus Ungarn«. Im Winter 2014 verstarb unsere Annie im hohen Alter von ungefähr 15 Jahren. Sie schlief ganz ruhig ein und ging über die Regenbogenbrücke. Dort hat sie ganz sicher Murphy wieder getroffen. Nun schauen Sie vereint auf uns herab.

Das Buch ist nun zu Ende – das schöne und aufregende Leben mit unseren Hunden und Pferden geht weiter.

34. Schnüffelspiele

Sie haben in meinem Buch gelesen, dass Beagle Barney fast täglich Unsinn anstellt. Daher denke ich mir oft Schnüffelspiele aus, um den Beagle zu beschäftigen. Natürlich kommen hierbei auch unsere anderen Hunde nicht zu kurz. Nachstehend einige Ideen, die Sie vielleicht mit Ihrem Hund ausprobieren möchten:

Das Napfspiel

Bringt Ihr Hund Ihnen gern Gegenstände oder ist so verfressen, wie unser Beagle? Dann nutzen Sie diese Eigenschaft und lassen sich jeden Tag den Fressnapf von Ihrem Hund zur Futterzeit bringen. Zeigen Sie dazu Ihrem Hund den Napf und fordern ihn auf, diesen zu bringen. Es wird nicht lange dauern und ihr Hund wird begreifen, dass er nur Futter bekommt, wenn er Ihnen den Napf bringt. Manchmal verstecke ich den Napf vorher. Barney muss den Napf dann suchen und freut sich um so mehr über das verdiente Futter.

Hol den Hausschuh

Carlos habe ich beigebracht, mir meine Hausschuhe zu bringen, wenn ich nach Hause komme. Hierfür habe ich ausgenutzt, dass er mir jeden Tag, wenn ich nach Hause kam, ein Spielzeug oder seine Decke brachte, die herumlag. Ich habe ihm dazu mehrfach einen Schuh gezeigt und diesen dann im Flur etwas weiter weggelegt. Dann bin ich zur Haustür zurückgegangen und habe ihn aufgefordert, den gerade weggelegten Hausschuh zu holen. Manchmal dauert es etwas, bis der Hund begreift, dass er den Hausschuh bringen soll. Hat er es jedoch einmal begriffen, können Sie dies täglich nutzen und geben ihrem Hund gleichzeitig eine Aufgabe.

Natürlich können Sie das Ganze verfeinern, in dem Sie den Hund zum Beispiel auffordern, Ihre herunter gefallenen Schlüssel, Handschuhe oder dergleichen aufzuheben und zu bringen. Dies kommt mir zugute, wenn mir mal wieder einer meiner Handschuhe herunterfällt, wenn ich auf dem Pferd sitze. Ich brauche dann nicht abzusteigen, sondern rufe Carlos heran, zeige ihm den Handschuh auf dem Boden und gebe das Komando »Bring den Handschuh«.

Das Brettspiel

Für Beagle Barney hat es sich bewährt, ein Brettspiel zu kaufen. Wir haben ihm vor vielen Jahren ein Holzbrettspiel gekauft. Der Name des Brettspiels lautet "Turbo-Dog".

Hierbei wird das Holzbrett mit Lekerlies befüllt. Der Hund muss nun mit der Nase die Schieber des Brettspiels betätigen, damit die Lekerlis am Ende herausfallen. Die Schieber sind manchmal etwas schwergängig. Daher kam ich auf die Idee, die Zwischenräume in dem Brett mit vielen kleinen Lekerlis zu befüllen.

Ich zerbrösele zum Beispiel sehr gern ein Knäckebrot hinein. Barney ist mit dem Versuch, die Knäckebrösel aus den Zwischenräumen zu bekommen, derartig beschäftigt, dass ich ganze Mahlzeiten nebenbei kochen kann. Ich spiele dieses Brettspiel gern mit Barney, während ich koche. Somit ist er beschäftigt und ich habe ihn unter Aufsicht, damit er keinen Topf vom Herd holt.

Der Kong und ein Rezept

Sehr bewährt hat sich auch die Anschaffung eines Kongs. Ich habe einige nachgemachte Kongs ausprobiert - einzig der echte Kong hat bisher „überlebt“. Kongs bekommt man in jedem Hundefachgeschäft oder im Internet.

Den Kong befülle ich zunächst mit Pansensticks, also einfachen, flachen Lekerlis. Dann befülle ich den Kong nach Vera`s Rezept wie folgt:

Vera`s Kong-Rezept:
- Ein Becher Hüttenkäse
- Zwei Teelöffel Leberwurst
- Eine halbe Banane

Die Zutaten mischen und den Kong damit befüllen. Mit einem größeren Lekerli verschließen. Die Zutaten reichen für 2-3 Tage

Das Herauslutschen der Zutaten aus dem Kong ist selbst für einen Beagle ein minutenlanges Kau- und Lutschvergnügen.

Das Einfrieren des gefüllten Kongs erschwert die Übung zusätzlich.
Bitte auch hier beachten: Den Hund niemals allein mit dem Kong lassen!

Beim Spaziergang

Nehmen Sie zum Spaziergang eine Tüte mit kleinen Lekerlis mit, die Sie zunächst in die Jackentasche stecken. Während des Spaziergangs lassen Sie die Lekerlis hinter sich fallen - merken sich jedoch ungefähr Anfang und Ende der Lekerlistrecke.

Auf dem Rückweg zeigen Sie dem Hund auf dem Boden die Lekerlis und fordern ihn auf, die Lekerlis zu suchen. Der Hund wird schnell merken, dass auf dem Boden leckere Sachen liegen und diese mit seiner Nase erschnüffeln. Klappt es am Anfang nicht gleich, weil der Hund z.B. zu schüchtern ist, verteilen Sie zunächst kleine Würstchenstücke. Würstchen riechen intensiver als manch andere Lekerlis und machen den Hund neugierig.

Sie können die Übung später erschweren, indem Sie die Lekerlis im hohen Gras am Wegrand, im Herbst im Laub oder in Baumstämmen verteilen.

Sehr schön sind auch Holzstapel von Holzfällarbeiten im Wald. Hier kann man die Lekerlis in den Baumzwischenräumen verstecken. Hierbei unbedingt darauf achten, dass die Lekerlis nur in der Höhe versteckt werden, in der der Hund auch größenmäßig an die Lekerlis herankommt.

Bekommt der Hund Trockenfutter und soll nicht zu dick werden, können Sie auch mit der Lekerli-Übung eine Futterration verabreichen.

Das Handtuchspiel

Diese Übung ist besonders schön, um abendliche Ruhe für die Hunde zu erlangen. Nehmen Sie für die Übung zunächst ein Gästehandtuch für kleine Hunde und ein normales Handtuch für größere Hunde. Das Tuch breiten Sie aus, legen einige Würstchenstücke hinein und klappen das Tuch rechts und links über die Würstchenstücke.

Legen Sie dem Hund das Tuch hin und fordern ihn auf, die Würstchen in dem Tuch zu suchen.

Jeder Hund ist neugierig und wird sehr schnell die Tuchenden mit der Nase oder Pfote beiseite schieben, um an die Würstchen zu gelangen.

Erschweren Sie dann die Übung, indem Sie die Würstchenstücke in dem Tuch verteilen/ einwickeln und das Tuch zusammenrollen. Legen Sie das Tuch wieder vor den Hund und fordern Sie ihn erneut auf, die Würstchen in dem Tuch zu suchen. Der Hund weiß nun schon, um was es geht und wird eifrig suchen.

Die Übung wird dann erneut erschwert, in dem Sie ein größeres Handtuch oder auch eine größere Decke/Laken nehmen oder später auch nur ein Leckerli irgendwo in dem Tuch einwickeln.

Ihrer Fantasie hinsichtlich der Wickeltechnik und der Tücher sind keine Grenzen gesetzt. Natürlich kann es sein, dass der Hund in seinem Eifer auch schon mal ein Loch in das

Handtuch reißt. Versuchen Sie jedoch, dies zu verhindern! Der Hund soll bei dieser Übung ruhig mit der Nase die Lekerlis suchen.

Ganz wichtig bei dieser Übung: Lassen Sie den Hund mit dem Tuch niemals allein und führen die Übung nur unter Aufsicht durch!

Bring das Spielzeug

Verstecken Sie im Garten ein oder mehrere Spielzeuge. Gut geeignet sind Büsche, aber

auch kleine Erhebungen im Garten oder Baumstämme. Bitte hierbei darauf achten, dass der Hund auch höhenmäßig an das Spielzeug kommt. Fordern Sie dann den Hund mit dem Kommando "Bring das Spielzeug" auf, das Spielzeug zu suchen.

Für die Beschäftigung im Haus und Garten gibt es natürlich auch sehr viele Arten von Intelligenzspielen aus Holz oder Gummi für den Hund.

Schauen Sie einfach einmal im örtlichen Handel für Hundebedarf oder im Internet, welches Spielzeug für Ihren Hund geeignet ist. Auch hier gilt es, den Hund niemals mit dem Spielzeug allein zu lassen.

Viel Spaß bei den Übungen!

Ihre Bettina Latt

35. Danksagung

Ich danke meinem Mann, Jens, dass er immer so viel Geduld mit mir hat und mir immer und überall mit Rat und Tat zur Seite steht - sei es im täglichen Kampf mit dem Computer oder anderen Dingen des Lebens. Ich danke ihm für sein Verständnis und für die guten Ratschläge für all meine Aktivitäten und vor allem dafür, dass er mir jeden Wunsch von den Augen abliest - sei es, wenn es um kleine und große Geschenke geht, die Blumen zwischendurch oder das Regal, was anzubringen ist oder mich bei meinen Ideen für die Schnüffelkurse zu unterstützen.

Ich danke meiner Mutter, dass sie immer und jederzeit für mich da ist, auch mal Kritik übt und immer ein offenes Ohr für mich hat.

Ich danke meinen Freundinnen Petra und Valerie, für die langen Gespräche – sei es per Telefon oder auch persönlich. Ich danke Louisa und Annika für die wunderschönen Ausritte und Mira und Christine, dass sie sich jederzeit so gut um die Pferde kümmern, wenn wir im Urlaub sind und auch ansonsten.

Wietze, im Januar 2015

Bettina Latt

36. Zur Autorin

Bettina Latt, Jahrgang 1964, lebt mit ihrem Mann und ihren Hunden und Pferden auf der Ostseeinsel Fehmarn und in einem kleinen Dorf bei Celle in der Südheide.

Sie ist selbstständig im Bereich der Immobilienverwaltung.

Zwischen Fehmarn und Celle gibt sie Schnüffelkurse für Hunde und bietet Geocaching für Kinder und Anfänger an.

Hunde und Pferde begleiten sie seit ihrer Kindheit und nehmen den größten Teil ihres Lebens ein.

Bücher der Autorin Bettina Latt:

Im Dezember 2014 erschien von Bettina Latt:

„Marie - Ein Magyar-Vizsla aus Ungarn“

Hierin schildert die Autorin, warum sie einem Hund aus dem Ausland ein zu Hause gab, mit welchen Tierarztkosten gerechnet werden muss und was noch alles zu beachten ist, bevor der neue Mitbewohner einziehen kann. Einen Teil der Einnahmen aus dem Buch wird von der Autorin an den Verein »Vizsla in Not e.V.« gespendet.

Im Januar 2015 erscheint von Bettina Latt eine Neuauflage des Inselführers

„Fehmarn mit Hund“

In dem Buch beschreibt Bettina Latt die schönsten Strände der Sonneninsel Fehmarn, wunderbare Rad- und Wanderwege der Ostseeinsel sowie Restaurants und Cafès, die sie mit ihren Hunden besucht hat. Da sie mehrere Hunde hat, legt sie Wert auf ruhige Strände, die man gut zu Fuß oder mit dem Auto/Fahrrad erreichen kann - ebenso Strände, an denen die Hunde frei laufen können.

Ein Interview mit einer Fehmaranerin, Ideen für Hundebeschäftigungen in der Ferienwohnung und am Strand sowie ein bisschen Fehmarn für zu Hause machen aus dem Buch ein Lese-Erlebnis.

Das Buch ist aus Sicht des Beagles Barney geschrieben.

Weiterhin erscheint im Januar 2015 eine Neuauflage des Inselführers

„Sylt mit Hund“

Das Buch beschreibt für Sylt-Neulinge mit Hund nicht nur die wunderschönen Strände und die außergewöhnlich schöne Natur der Nordseeinsel Sylt, sondern auch Outlets, Shoppingmöglichkeiten und wunderschöne Ecken von Sylt, die man als Urlauber nicht unbedingt sofort entdeckt.

Das Buch enthält ein Verzeichnis der hundefreundlichen Restaurants und Cafés, die die Autorin mit ihren Hunden besucht hat.

Ein Interview mit einer Sylterin, wunderschöne Fotos und lustige Beschäftigungsideen mit dem Hund für die Ferienwohnung und unterwegs machen dieses Buch zu einem Lesevergnügen.

Das Buch ist aus Sicht des Magyar-Vizsla Carlos geschrieben.

Leseprobe “Marie - Ein Magyar-Vizsla aus Ungarn“

2. Vizsla in Not

Es war bei uns schon längere Zeit im Gespräch, einem weiteren Hund ein neues zu Hause geben, sofern Annie von uns geht. Der Zufall wollte es, dass von dem Verein „Vizsla in Not“ über Facebook eine 3-jährige Hündin zur Vermittlung von Ungarn nach Deutschland angeboten wurde. Der Verein war uns durch unsere Zugehörigkeit in den Vizsla-Gruppen bei Facebook bekannt und wir hatten nur positives gelesen. »Vizsla in Not« war in Deutschland ansässig, nahm in Ungarn ausgesetzte Vizsla auf und vermittelte sie weiter.

Spontan schrieb ich eine Mail an den Verein und bekam die Antwort, dass die Hündin am 2. oder 3. August 2014 nach Deutschland kommen sollte. Wir müssten sie in Bad Tölz abholen, sofern die Vorgespräche positiv verlaufen würden. Das kam für uns nicht in Frage, da wir dann bereits in den Sommerferien in Schleswig-Holstein wären. Die Reise nach Bad Tölz würde – insbesondere auch für unsere alte Hündin – viel Stress bedeuten.

Wir legten den Gedanken beiseite und gingen mit Annie zu dem vereinbarten Termin beim Tierarzt. Nach einer Untersuchung teilte der Tierarzt mit, dass wir Annie eine Chance geben sollten. Evtl. hatten wir ihre Tabletten zu hoch dosiert. Sie bekam Phenoleptil, da sie seit einigen Monaten nachts sehr unruhig war und nicht schlafen wollte. Sie wanderte hin und her, kratzte an verschlossenen Türen, fiepte, wußte teilweise nicht, wo sie war. Sie stand vor einer Wand und schaute sie an, in der Erwartung, es müsste sich gleich eine Tür öffnen. Mit ihrem Verhalten brachte sie sich und uns um den Schlaf. Durch die Tabletten war es besser geworden. Also gingen wir nach Hause und planten unseren Urlaub.

Kontakt:

http://www.Bettina-Latt.de/
http://www.Bettina-Latt.blogspot.de/
E-Mail: Bettina-Latt@web.de
Telefon 0157/34 24 20 81